ESCRITORES
ARGENTINOS
Novelas, cuentos y relatos

ABEL POSSE

El largo atardecer
del caminante

ABEL POSSE

El largo atardecer del caminante

EMECÉ EDITORES

Esta obra ha sido galardonada con el *Premio Internacional Extremadura - América 92* convocado por la Comisión Española del V Centenario. El jurado estuvo presidido por el excelentísimo gobernador de Puerto Rico, señor Rafael Hernández Colón, y compuesto por los escritores Juan Antonio Gabriel y Galán, José Donoso, Alfredo Bryce Echenique, José Caballero Bonald, Elena Castedo y la editora Esther Tusquets.

Diseño de tapa: *Eduardo Ruiz*
Copyright © 1992, Abel Posse
© *Emecé Editores S.A., 1992*
Alsina 2062 - Buenos Aires, Argentina
7ª impresión: 2.000 ejemplares
Impreso en Talleres Gráficos Leograf S.R.L.,
Rucci 408, Valentín Alsina, marzo de 1999

E-mail: editorial@emece.com.ar
http: // www.emece.com.ar.

IMPRESO EN LA ARGENTINA / PRINTED IN ARGENTINA
Queda hecho el depósito que previene la ley 11.723
I.S.B.N.: 950-04-1219-5
11.255

En memoria de Carlos Barral, símbolo de aquella Barcelona mágica y subversiva de los años 60, abierta a los escritores que llegábamos de una América crítica y quebrada.

NOTICIA DEL CABEZA DE VACA

Se sabe poco porque sus libros eran para la Corte y el peligroso mundo de aquella España grande y terrible. Por elegancia natural o por una extraña pasión subversiva, se separó del tipo humano del "Conquistador". A pie, desnudo como un indio, desarmado y sin cruces ni evangelios (visibles), se lanzó a la caminata más descomunal de la historia (ocho mil kilómetros a través de lo desconocido) tal vez tratando de demostrarse a sí mismo que el hombre no es lobo del hombre.

Fue el verdadero descubridor de los Estados Unidos, pese al tendencioso interés de los norteamericanos por preferir un descubridor originario de la barbarie nórdica y no católico: La Florida, Alabama, Mississippi, Luisiana hasta Galveston, Texas cruzando el territorio de la hoy tan populosa Houston, Nueva México, el Arizona hasta la región de Mesa. Entró en México por Sonora y Chihuahua donde se detuvo entre el pueblo de videntes, los Tarahumaras, cuatro siglos antes que Antonin Artaud. Cuando llegó a la ciudad de México se dio cuenta que ya tenía pie de indio: no le entraban las botas.

De regreso (triunfal) a España fue premiado por Carlos V con el cargo de Adelantado y Gobernador del Río de la Plata.

Encuentra un Paraguay con una guarnición militar y religiosa corrompida en las felicidades

11

de la lujuria. Lucha contra el incesto y la poligamia generalizada. Suprime la esclavitud de los indios. Les dice que "Sólo la fe cura. Sólo la bondad conquista." Lo devuelven a España en cadenas acusado minuciosa y coordinadamente de todos los delitos que cometieron sus condenados. No había entendido que los hombres prefieren a veces el caos y no el orden.

Se sabe que era alto, de músculos correosos, con barba valleinclanesca y aquijotado. Tengo para mí que Cervantes, casi niño, se lo cruzó un par de veces por la calle Sierpes, cuando don Alvar vivía casi sólo de salpicón y tenía raída la señorial boina de terciopelo. (La gente diría: "Ahí va el loco del Cabeza de Vaca".)

Todo hombre tiene sus molinos de viento personales. Los de Cabeza de Vaca fueron la selva paraguaya, los desiertos a los que se hizo buscando más iniciaciones espirituales que tesoros, los vampiros, los curas erotómanos, los leguleyos que saben transformar la ley de la Corona en artero puñal, los mosquitos y sobre todo el mar: cada uno de sus embarques terminó en naufragio.

Henry Miller, que odiaba la retórica de la Conquista, escribió de Cabeza de Vaca que "su iluminación borra las crónicas sangrientas de Pizarro y Cortés".

Era un niño bien de Jerez. Nació rico y feliz (hacia 1490) y murió pobre y solo (pero seguramente enamorado y en Sevilla) probablemente a fines de 1558.

PRIMERA PARTE

Alvar Núñez Cabeza de Vaca. Alvar Núñez y Cabeza de Vaca, mi nombre resonaba en el espacio de mi celda como un verso homérico, poderoso, alto, claro. En la penumbra del atardecer mis apellidos son como un gonfalón de esos que mueven los *condottieri* bajo el sol de Italia. Desde niño, y tal vez por el orgullo de los relatos de mi madre, la jerezana, quise que mi vida fuese precisamente como colores de seda flameando sobre el gris de la mediocridad.

—Tendrás que elegir: ser buey, o águila como tu abuelo, el Vera que sometió las Canarias... —díjome una vez mi·madre cuando yo me reponía del sarpullido febril que suele acometer a todo niño (había omitido recordar a mi padre, sólo se refirió al abuelo terrible). Nunca olvidé esas palabras. Ella me quería fuerte, águila. En realidad no me daba mucho para elegir más que entre los extremos.

Ahora recuerdo la casa en la finca de Extremadura. La mañana fresca y diamantina de invierno. El aire liviano, el cielo como un azul de taza china. Creo ver el perfil de la madre, pero en realidad no lo recuerdo. ¿Cómo era su nariz? Es más presente su voz firme, como escondiendo desesperación y ternura, y su perfume de ropa mantenida entre azucenas y lavandas. A través de la ventana se veían limoneros y naranjos, más allá los olivares parejos sobre la tierra ocre de la provincia dura y seca. Recuerdo que creí ver ese paisaje durante la gran caminata, entre Sinaloa y Culiacán, cuando volvía del país de los Tarahumaras y me había asomado al conocimiento de la raza primigenia, la raza de los gigantes. Entonces creí ver en el espejismo del aire ardiente del desierto, la figura de mi madre que entraba con jazmines en el patio de la finca. Recuerdo que ella me miró y se rió del "águila": yo era, sí, un águila. Irrisoria, desplumada, huesuda, resecada por el aire de los páramos. Pero águila.

Alvar Núñez Cabeza de Vaca. Ese apellido, que mi madre me hizo vivir desde la infancia como un destino heroico que debía ser cumplido sin vanidad, casi como una necesidad de la que ella no dudaba. De niño mi nombre me impresionaba mucho. Imaginé siempre una cabeza de vaca separada del cuerpo, sólo la cabeza, instalada en medio de un salón. Sería una tremenda presencia. Hay en la cabeza de vaca una imponencia de templo de puro hueso. Dicen que en Oriente la vaca es símbolo del Universo. Aquí, en estas Españas, es distinto.

Soy español, soy andaluz, soy extremeño. En todo caso, hombre de la España profunda. De una casa con más linaje y orgullo que riquezas; aunque siempre hemos tenido en la olla más carnero que vaca. En ella siempre pisó más fuerte mi madre que mi padre, generalmente ausente o indeciso y de quien la servidumbre solía murmurar que no había demostrado estar a la altura del apellido. (Nada más negativo para un hombre que tener que vivir empeñado en alcanzar un destino impuesto o imaginado por los otros.)

En esa finca, más allá del patio de los limoneros,

empezaban los regimientos de bíblicos, retorcidos olivos. El tejado y los cobertizos de los jornaleros. La mágica herrería con su fragua encendida en las mañanas de invierno cuando se herraba al percherón. Los viñateros, los labradores. En el reservado primer patio se alzaba la capilla que había mandado edificar mi abuelo, el feroz Pedro de Vera a su regreso de Canarias y seguramente para alijar pecados.

Teníamos un cura italiano, don Abundio, y un sacristán contrahecho que se decía había sido engendrado por el terrible obispo de Jaén en una de sus correrías. Ellos oficiaban para nosotros solos, para la familia. Se puede decir que de algún modo teníamos un Dios propio. Era el Dios de mi madre (tal vez el mismo Dios que el Adelantado Vera usó en Canarias). Un Dios mucho más cercano del todopoderoso Jehová bíblico que del Cristo crucificado. A este dios melancólico e inexplicablemente bondadoso con los dudosos seres humanos, no se le hacía el lugar debido en nuestra casa. En la graciosa capilla de adobe que había entre el tercer patio y las huertas, los hortelanos y los palafreneros tenían la posibilidad de volcar su devoción hacia un enorme Cristo de yeso, con su carne de pintura amarilla y sus goterones de sangre bermellón.

Nuestro dios era el Viejo olímpico y pagano. El Dios del Génesis. Admirable y minucioso creador. Adorador del sinsentido y del absurdo. Más preocupado por los infinitos espacios del cosmos que de las nimiedades de esta Tierra, un planeta sin luz propia. Para ese Viejo sublime la rendición de los hombres habría sido una ocurrencia de su hijo humanista.

Mi madre no vacilaba en repetir una frase del abuelo Vera, el Terrible: "Hay un dios para salvar horteras,

hortelanos, rufianes y putas; y un dios para los señores".

Pedro de Vera no había dejado entrar al Crucificado
en Canarias. Sólo había exportado el dios terrible, el
que le venía mejor a la Corona. Crecí escuchando las
historias de sus hazañas. Se decía que ordenaba colgar a
los caciques guanches de las orejas y de los pulgares
contra el muro ardiente del castillo. Agonizaban hasta
resultar sólo pellejos salados por el aire del Atlántico,
desgarrados por los buitres. En Canarias se inventó el
Imperio Atlántico que hoy goza nuestro nuevo Rey,
Imperio donde nunca se pone el sol, como tan
atinadamente se dijo. Mi abuelo señaló el camino en
Canarias que luego seguirían el genovés y sus hermanos; y Cortés, los Pizarros y todos los otros. Como a las
Canarias, a América llegó sólo el dios de los señores. La
única cruz que refulgía por allá era la de las empuña-
duras de las espadas toledanas.

Alvar Núñez Cabeza de Vaca.

Náufrago eterno, peregrino desafortunado, caminante. He llegado a viejo y todavía no sé si estoy de parte de
Dios o del Demonio. Los años más bien alejan de la
sabiduría.

Algunas de estas cosas he tratado de explicarle a la
adorable Lucinda. Su curiosidad por mi pasado terminó
por encender la mía, y así fue cómo me fui cayendo
hacia adentro de mí mismo, como buscándome de una
vez por todas. (Ahora que ya es tan tarde. Tengo sesenta
y siete años y por momentos mi yo queda ya muy lejos
de mí. Apenas si me recuerdo, ¿quién era Alvar Núñez
en aquel entonces?)

18

LUCINDA, LA BELLA, fue quien me recibiera cuando llegué a la nueva biblioteca de la Torre de Fadrique. Fue mucho más agradable encontrarse con su rostro que con la barriga del canónigo. Era un día de revuelo en la ciudad: habían llegado galeones por el Guadalquivir y se había reforzado la Torre de Oro. Señal de que llegaba de América lo único que interesa a estos ingenuos entusiastas. La gente vive como riqueza propia este oro de la Corona. Hablan fuerte, ríen. Ven en el oro su seguridad, el futuro de sus hijos. Es tiempo de pura insensatez. España se indigesta de oro robado: máscaras rituales, aguamaniles, formas de dioses para nosotros desconocidos, vasos sagrados, collares de princesas vejadas y vendidas como putas a la soldadesca. Hay algo de fatal en todo esto y yo creo que el nuevo Rey, cuyo retrato vi recientemente entronizado en el ingreso de la Casa de Contratación, tiene algo profundamente fúnebre o fatídico. ¿Por qué son tan tristes estos Austrias? Parecen amenazados de una catástrofe inminente, de una atroz locura.

Toda España se está adornando con las vestiduras de dioses muertos.

Asusté a la buena Lucinda con mi título de juez del Tribunal Supremo y le solicité ver esos mapas recientes (habían dibujado uno de las costas de Florida). Me gusta ver cómo los cartógrafos van precisando la forma de tierras que pisé como misterio.

La discusión con el viejo insolente de Fernández de Oviedo me levantó curiosidad por ver cómo sería aquella costa donde pasé tanto tiempo de mi juventud.

Estampé mi nombre en el registro al recibir de Lucinda los rollos. Al leer mi apellido sus ojos se encendieron.

—¡Yo bien conozco a Vuesamercé! —exclamó y enseguida se sonrojó—. ¡Bien que tenemos aquí su libro!

—Mis *Naufragios*, claro. Sólo naufragios y sobran comentarios...

—¡Lo he leído!

Comprobé que casi no me quedaban retazos de vanidad literaria alguna. Eso también era pasado.

Me acomodé en una mesa con buena luz y extendí los rollos de pergamino que fastidiosamente tendían a enrollarse. Traté de seguir con la punta del dedo la casi obscena curva de La Florida. Habían omitido señalar la isla del Malhado. Era como si hubieran negado mi voluntad, como si me hubiesen desautorizado entre el cartógrafo cortesano y el historiador Oviedo. Habían dibujado algunos islotes pequeños cerca de la costa, pero sin anotar el nombre.

Al enrollar el pergamino recordé a Hernando de Soto. Fue mi desafortunado sucesor en La Florida. Al volver del Perú lo hicieron Adelantado (fue uno de los tres capitanes de la matanza de Cajamarca). Anduvo por aquellas tierras de mis andanzas. Iba llevado por los demonios: de crueldad en crueldad. Por fin lo mató un cacique de menor cuantía y sus hombres lograron rescatar el cadáver porque los indios querían devorarlo —devorar así su coraje—. Se impidió esta indigestión, pues su maestro de campo lo metió en un tronco ahuecado, bien enrollado y lo abandonaron Mississippi abajo, bogando dulcemente por el gran río hacia el gran mar por donde había llegado. Los indios se salvaron de comer demonios, de endemoniarse.

Le entregué el rollo de mapas a la moza.

—Volveré otro día con más tiempo —le digo como justificándome. Ella tiene preparado un ejemplar de mi libro y me pide que se lo dedique al canónigo o a la biblioteca. Estaba realmente leído, arrugado en los bordes.

—¿Cómo te llamas?

—Lucía de Aranha. Se escribe con una hache antes de la a. —Hay una vibración de inquietud en su voz porque es un apellido judío. ¿Acaso no se llamaba Arana o Aranha la barragana cordobesa del genovés descubridor? Anoté en la primera página del libro: "A Lucinda de Aranha, en el comienzo de nuestra larga amistad. Alvar Núñez Cabeza de Vaca, el caminante que no llega a ninguna parte". Lucinda ríe y protesta. Durante un instante me quedé mirando mi mano. Es una piel arrugada, con manchas pardas, de viejas quemaduras solares. Es tan desagradable de ver por su flojera como la piel del cogote de los pavos. Entregué la pluma y retiré la mano como con vergüenza. Prometí volver otra vez, con tiempo. Pero Lucinda había leído ya la dedicatoria y protestó:

—Me ha puesto Lucinda en vez de Lucía...

—Lucinda te sienta mejor... —Me mira fingiendo enojarse. Huele bien. Huele como huelen las mujeres antes de ser una hembra. Todavía no nació. Estoy a más de medio siglo de la tirantez y la tersura de su carne.

Volví caminando ni tan despacio como para que quienes me desprecian me consideren un viejo desocupado, ni tan rápido como para impedirme el placer de gozar el atardecer. (Me incomodan los inútiles, enfermos o fracasados que andan siempre por las calles, husmeándolo todo, y que se me acercan para que les cuente cosas de mis marchas y de América. Siempre tengo alguna excusa: "Me esperan en lo de mi pariente Cuéllar", "Mis primos los Estopiñán bautizan una criada". En realidad me gustaría quedarme entre ellos y aliviar unas horas de soledad. En casa cuido las flores, les doy de beber la mejor agua. Tomo mi vaso de vino, recaliento y como las sosas viandas que me prepara doña Eufrosia.)

Las calles de tierra, volviendo de Santa Clara, están hechas un muladar. Hay chicos gitanos, desnudos, que se pelean con los cerdos. Espantoso olor de inmundicia, moscas y perros que ladran famélicos, con los ojos como brasas. Hay tantas moscas para espantar que uno extraña el rabo que tuvieron los primeros hombres.

Emboqué el inicio de la calle de las Sierpes donde cada día aparece una tienda nueva. Al pasar por la fonda Calvillo encontré en una de las mesas de afuera al falso marqués de Bradomín, con sus barbas largas y cenicientas de astrólogo.

Tiene este hombre algo fantástico y desdichado que me atrae. Hay brillo en sus ojos pequeños como agujas, entre burlón y sarcástico. Sin decir nada siento que sabe de mis falsos apuros, del ninguneo que padezco. Escribe incansablemente pero sin mayor fortuna: viajó a la villa y Corte de Madrid sin suerte. Su talento es grandilocuente, esperpéntico. Pese a sus fracasos, su dominio del idioma es insuperable. Toma su invariable copa de xerés con unas aceitunas.

—¡Ha visto Vuesamercé? Están llegando las naves de América. Tuvieron suerte: ni tifones ni corsarios. Parece que traen una carga muy grande. ¡Su oro, don Alvar! ¡El oro de sus ciudades mágicas!

No me gusta su tono de sarcasmo y no me siento. Me cuenta que el Duque volvió el domingo por la noche de Toledo y que contó que el Rey está empeñado en construir un palacio gigantesco en ese lugar peligroso que llaman El Escorial.

—¡Desde allí gobernará al mundo! —dice el falso marqués. Me sondea para que diga algo contra el Rey, pero no le doy el gusto y sigo para mi casa, que como siempre está completamente a oscuras y huele a humedad encerrada.

No le dije lo que sé: que El Escorial es un lugar maldito, embrujado. Un depósito de azufre y maléficas sales de hierro que hacen enloquecer la brújula. El nuevo Rey no sacará nada bueno de allí, ni para él ni para España.

HOY HE REVISADO MINUCIOSAMENTE MIS TRAJES, ha sido como visitarme y recorrer mi propio pasado. Los descubrí encerrados en los dos arcones del entrepiso y ordené a doña Eufrosia que los fuera subiendo a la azotea. Huelen mal, están como asfixiados. Que espolvoree flores de alhucema o romero o lo que fuere, pero que haga algo urgente. Incluso le sugerí que compre clavo de olor o canela o alguna sal con aroma. Pero que haga algo, porque huelen a muerto.

Me gustaría inundarlos con una damajuana de vino. Paseo frente a ellos, respirando el aire fino de la mañana. Están extendidos sobre la pared de claraboya que es seca y los expone debidamente al sol. Siento que el aire entra por las mangas y las solapas. Siento que respiran, todavía.

Trajes: vestiduras/investiduras/imposturas, como se quiera, pero ya parte de la vida, de la larga vida.

Sólo ocho años he pasado desnudo, sin ellos. Los ocho años famosos de mi descomunal caminata. Ocho años como devuelto a mí mismo, fuera de los trajes. Pero es mejor no ser aquel ser. Mejor el ser de las investiduras-imposturas, como se quiera.

¿Por qué uno no se desprende de estos cadáveres solemnes y prestigiosos? No es fácil salirse de su tiranía. Son los únicos cadáveres visibles de nuestras sucesivas muertes. El cuerpo es ducho, más bien disimula sus muertes. Sólo van quedando los trajes, en su tonta honestidad de fantoches, como las vainas de aquellas serpientes de Sinaloa, pieles resecadas perdiendo sus colores en el ardido desierto. Nuestros sucesivos nosotros, que se nos van muriendo por el camino.

El arcón vacío tiene un vago aroma de humedades malsanas, de tumba exhumada.

Le pregunto a doña Eufrosia si es el 2 de Noviembre, pero no entiende. Me mira perpleja.

De mi armadura de los tiempos de Adelantado queda sólo la coraza, el peto. Eufrosia la subió también y quedó tendida junto a los trajes mostrando su acero con cánceres olvidados y vetas de viejo óxido. Le cuelgan unas obscenas correas de cuero reseco que alguna vez tuvieron hebillas. Convexa, da la contradictoria sensación de indefensión de un caparacho en forma de un pecho de pollo, como lo tienen los alfeñiques.

En cambio el casco de paramento tiene una cómica presencia de vida con sus articulaciones atornilladas para la visera y el ventalle. Tiene las abolladuras que no se ganó en batalla sino cuando rodaba en la sentina maldita de la nao *Comuneros* en cuya bodega me traían encadenado desde el Paraguay.

En el silencio de la noche aquel desdichado y lejano Alvar escuchaba desde la camareta-calabozo, de tablones de lapacho mal clavados, las corridas de su yelmo por la sentina de orines y podredumbres. Es un ritmo negro, una eterna protesta. Cuando el barco se alzaba de popa empezaba a rodar golpeando contra los tablones como una fiera encadenada hasta que se ahogaba una vez más en el agua inmunda, en la obscuridad del resumidero.

Doña Eufrosia limpió el acero oscuro del casco con una mezcla de ceniza, piedra pómez y vinagre; después le pasó aceite de oliva. Refulge bajo el sol en la parecita de la azotea que da a la Giralda. Lo miro y estoy seguro de que me mira desde la sombra de la visera rebatible, desde la oquedad del tiempo pasado.

Cuando frente a Brasil, en la costa de Santa Catalina, se levantó el terrorífico temporal que duró cuatro días, la *Comuneros*, a palo seco, empezó a crujir aplastada por las olas. Es en esas ocasiones cuando los hombres quedan desnudos ante su poca cosa, su casi nada. El terror cambia a muchos. Y Alonso Cabrera, mi torturador, mi verdugo, bajó en la oscuridad de la bodega, abrió los candados y se echó ante la piltrafa maloliente que era yo, para besarme y lamerme los pies como una bestia sumisa, vencida por su sentimiento de culpa.

"Estese usted quieto, Cabrera, no sea usted loco aparte de criminal." Pero el hombre gimoteaba y comprendí que había perdido la razón. Me quería dar el comando de la nave con tal de que cesara el huracán (como les llaman en América). Con su acólito empezó a martillar para abrir los grillos que él mismo había soldado con una risa hipócrita en Asunción. Empujaba al marinero Manosalvas mientras gemía su pedido de perdón: "Señor, todo lo que he hecho es por dinero y por poder", y sollozaba con chillidos de puta.

Me pusieron en la cubierta como a un santo o un ángel guardián. Por suerte en no más de dos o tres horas empezó a amainar y se amontonaron a rezar como ovejas, como un hato de viejas beatas que se salvaron de la peste.

Fue al mismo Manosalvas a quien mandé para que abriese la sentina y rescatase y lavase ese yelmo que refulge ahora sobre la pared que da a la Giralda.

LA CERDA SE ADUEÑÓ DE TODO. Es el poder más visible en esta ciudad de mi infancia. No queda casi nada de aquella Sevilla del orgullo de mi madre, los Cabeza de Vaca. Entre los oidores, leguleyos y cagatintas ha desaparecido la vida sosegada y noble de mi infancia. A veces paso por el palacio de mi familia. Ha sido dividido. La casa principal ha sido comprada por un traficante flamenco de joyas. La parte del fondo, con los patios de sirvientes y esclavos, ha sido vendida a unos franceses que se dedican al curtido de pieles americanas que luego revenden por toda Europa. Proveen a varias cortes de yaguaretés, zorros plateados, cibelinas y visones.

Disimuladamente me trepé a unos bultos preparados para la carga y desde allí, cerrándose ya la noche, traté de ver el limonero de la infancia que señoreaba aquel huerto claro donde viví la aventura de los imaginarios combates y descubrimientos a la hora de la siesta. Creí ver un tronco deshojado, rodeado de mesas de tablones, donde de sol a sol trabajan los curtidores. Reconstruí los espacios que alguna vez me parecieron infinitos y cargados de misterio. Creo que quedan los mismos macetones pero transformados en depósitos de líquidos abrasivos y de tinturas. El ámbito de otrora parece ahora increíblemente reducido. El recuerdo de la geografía de la infancia prevalece, y parece que la realidad es lo irreal. Me da la impresión que el limonero está muerto o agoniza entre las malas aguas de la industria de los franceses. Me digo a mí mismo que nunca más me aventuraré por el lado de ese difunto palacio de la infancia...

Varias veces me he metido por la *Alcaicería*, el barrio de estos flamencos, alemanes, italianos y franceses; que no es otra cosa que un *suk* moro: sólo tiendas. Se ven las piedras preciosas de los ríos de América talladas a la vista por habilísimos judíos retornados de Flandes y Génova, ahora entusiastas del catolicismo. Perlas engarzadas, zafiros, aguamarinas, rubíes. Laminan el oro de las máscaras rituales y de las momias y lo trabajan con suma habilidad, agregándoles esmaltes horneados, a la manera de los de Toledo. Me gusta caminar horas por ese nuevo mundo movido por hombres eficaces que lucen camisas y jubones de seda. Tienen una guardia propia que los protege de robos y por la noche cierran el barrio, hasta la calle de los Francos, como una ciudad prohibida dentro de la ciudad. Pero lo más notable es que esta legión de aprovechados conversos inunda España y la *Alcaicería* con su producción de terciopelos, brocados, sedas labradas, armas finas, perfumes orientales, copas de Bohemia. Hasta salchichas al pimiento, quesos fermentados y vinos espumantes que los cursis franceses presentan como joyas. El oro que entra por el Guadalquivir sale por los Pirineos.

Son los ricos nuevos de Sevilla, los de la Cerda Rosada, como yo digo cuando hablo con el Bradomín y sus amigos, los resentidos escritores. Hoy la Cerda manda en toda Europa, puede con los gobiernos. Cuando el nuevo Austria termine su palacio cerca de Madrid, tendrá que invitar a la Cerda y sentarla a su mesa. Tendrá que hablar otro idioma en su propia casa.

Si de la *Alcaicería* uno sigue hasta la calle de los Francos, uno comprende de qué modo la estupidez y la putería se pudo haber adueñado de este hervidero de vanidad que se llama Europa.

La Cerda Rosada. Los felices burgueses. Los señores de imitación. No tienen molestias de honor. Les duelen más los juanetes que el honor.

EL VIEJO OVIEDO LLEGÓ A SEVILLA PARA INDAGARME, era eso una ocurrencia casi final que debería honrarme por la importancia que parecía concederme. Y digo parecía porque a los tres meses de regresado a Madrid murió. Me enteré de esto hace un par de semanas.

Quedó jadeando, recuperándose, cuando subió los veinticinco escalones de mi modesta escalera de lajas. Me trató como tantos otros, con una falsa ceremonia exterior que apenas ocultaba la mala opinión que de mí quedó. La creencia de que mi condena era bien motivada, pese al posterior perdón real. Oviedo me trataba con respeto formal y a la vez con íntima convicción de que mi descrédito era justificado. Había conocido a Oviedo cuando llegué de México y narré mi gran caminata ante la Corte. Recuerdo sus ojos atentos y desconfiados como buscando más mis ocultaciones que mis hazañas. Es de natural ladino. Sabiendo yo que se había sorprendido de que mi casa lindase con la judería le dije:

—¿Sabe usted? Con los años me siento mejor cerca de los moros y de los judíos. Esta casa la compré muy barata por su ubicación, con el poco dinero que me quedó después de las confiscaciones... Buena gente estos judíos... Estas casas caleadas, estos patios, al fin de cuentas es lo mejor que ya queda en esta ciudad de cagatintas, delatores y leguleyos...

El viejo Oviedo empezó a hablar como si no hubiese

oído mis palabras. Dijo que tenía la muerte en los talones. Era como para advertirme que no tenía mucho tiempo que perder. Me explicó que escribía mientras duraba la luz del día, incluso ahorrándose la hora de comer. Es evidente que don Gonzalo Fernández de Oviedo está convencido de que la Conquista y el Descubrimiento existen sólo en la medida en que él supo recuperar, organizar y relatar los hechos. Es el dueño de lo que se suele llamar ahora "la Historia". Lo que él no registre en su chismosa relación, o no existió o es falso...

Le serví una copa de vino. Tiene la mano siempre enguantada en demoníaco terciopelo negro por causa de no sé qué infección de Indias. Las visitó en viajes administrativos, sin embargo tiene el coraje o el desparpajo de hablar con nosotros como si fuera hombre de espada y de conquista. En realidad es como esas mujeres que con los años se tornan autoritarias y terminan mandando a su marido, sea un viejo almirante o un gran general.

—Estoy seguro de que ésta es la última vez que estaré en Sevilla —murmuró el viejo. Se sentó en una de las dos sillas presentables que tengo. Sostenía en forma inestable el copón de vino que le serví.

Un historiador frente a un conquistador hace el triste papel de una cotorra enfrentada con un águila.

—¿Qué quiere de mí, don Gonzalo? —le dije sin falsa bonhomía (como dicen los franceses).

—Usted sabe: soy ya un hombre viejo y no me gustaría perder tiempo en circunloquios. Dicen que usted tiene una versión secreta, una tercera versión de su viaje o su caminata de ocho años desde la Florida hasta México... Dicen que es una versión que usted sólo confiaría al Rey. Pues he venido para tratar de que usted me diga algo sobre tan curiosa versión...

—Es simplemente falso. El informe oficial de mi jornada lo entregué a la Real Audiencia y es el texto que usted recibió e incluye parcialmente en sus escritos, según me dijeron los amanuenses que se adueñaron de mis memorias. Una segunda versión de ese texto, mejorada literariamente, es la que publiqué en Valladolid para ganarme algunos reales. Dicen que no escribo tan mal, la han traducido...

Oviedo me mira indagatoriamente, más bien con sospecha. Es un típico viejo cascarrabias que ya no tiene nada que perder ni justificar. Habla como si no me hubiese oído:

—¿Pero esa tercera versión se referiría a un viaje o visita secreta a las Siete Ciudades?

—¿Cree usted don Gonzalo que si yo hubiese podido saquear las Siete Ciudades de oro estaría viviendo en una casa comprada a los judíos expulsados? —Esto le pareció convincente o concluyente. No sabía qué responderme.

—Cuando se leen sus *Naufragios* uno tiene la sensación de que usted oculta más de lo que cuenta. Ocho años son mucho tiempo para tan pocas páginas. Hay contradicciones. Años enteros solucionados, o escamoteados en pocos renglones...

Es un sabueso. No hubiera querido tenerlo de inquisidor. No tiene reparos al hablar.

—Por ejemplo, y aunque le parezca un detalle menor. En la primera versión usted no habla de esa isla del Malhado. En la segunda versión la bautiza así, o la inventa...

—No hubo esa intención. Simplemente que me ha-

31

bía olvidado. Como usted bien dice, fueron muchos años. Mis testigos están todos muertos, no puedo probarlo más que con mi afirmación. Pero esa isla terrible donde viví mi esclavitud se llamaba del Malhado...

El viejo me observaba. En realidad quería tener una semblanza final de mi discutida personalidad. Para eso había venido y para ver si obtenía de mí alguna revelación secreta o sensacional de la realidad. Los dueños de la Crónica, sin excepción, me tienen por un ser sospechoso.

—Debo confesarle que a mí lo que más me convenció de su relato es cuando usted habla de tres categorías diferentes: usted habla de cristianos, de indios y de un misterioso *nosotros*. ¿Quiénes son esos misteriosos *nosotros*?

—Me toma usted en frío. Me cuesta explicarlo... Es como si lo hubiera escrito sin haberlo razonado debidamente. Tal vez me haya querido referir a los que ya no podemos ser ni tan indios ni tan cristianos...

Oviedo me mira perplejo.

—Sí, ese nosotros, anda por su relato como un fantasma indeciso...

—Tal vez sí. Tal vez hubo un momento en que, en efecto, empezó a haber cristianos, indios y nosotros... Nosotros, simplemente.

El viejo apura el vino. Seguramente comprobó que conmigo no se obtiene más que resultados ambiguos y que no estoy muy lejos de merecer el descrédito que me labraron oidores y cortesanos. Por la ventana entra un provocador vaho de aceite de oliva frito. Los judíos preparan su cena.

Fernández de Oviedo se despidió bastante deses-
peranzado, malhumorado. Dos ayudantes lo suben a
una especie de mínimo palanquín y lo llevan hasta el
final de la calle del Agua. En la penumbra me parece
que se bambolea como a bordo de una piragua que va
abriendo la penumbra húmeda de la noche recién nacida. Seguro que el viejo renueva su convicción de que
los conquistadores y descubridores no son la gente seria
y circunspecta que debieran ser. No somos dignos del
orden de sus crónicas.

Oviedo, que escribe catorce horas por día, será el
conquistador de los conquistadores, el depósito de la
verdad. El corral de hechos y personas. Hará con la
pluma mucho más de lo que efectivamente hicimos
nosotros con la espada. Curioso destino. Pero Jehová
mismo no sería Jehová si los judíos no lo hubiesen
encerrado en un libro.
Para bien o para mal, la única realidad que queda es la
de la historia escrita. El mismo Rey termina por creer lo
que dice el historiador en vez de lo que le cuenta quien
conquistó el mundo a punta de espada.
Todo termina en un libro o en un olvido.

SOY UN VIEJO CÓMICO QUE NO SE DA POR VENCIDO: me pareció
que la cara de Lucinda se iluminaba de alegría al verme
aparecer con mi traje negro de terciopelo, ya bastante

inadecuado para este abril que entra caliente.

—¡Vuesamercé, qué bien luce hoy! Pensé que no iba a terminar la semana sin que viniera...

Lucinda no sólo había desplegado los mapas sino que con un papel de seda había calcado los bordes de La Florida y había anotado la isla que le señalara yo con el nombre de Malhado.

Hizo un trabajo cuidadoso y no tuve menos que felicitarla, aunque su cuidado ahora me obliga a no desilusionarla y mirar los mapas como si realmente tuviera un gran interés, como si tuviese la más remota intención de refutar al finado Fernández de Oviedo y los dueños de la verdad imperial.

Lucinda me tiene preparada una sorpresa: una resma de papel imitación pergamino, del que fabrica su tío de Córdoba. En cada folio hay un escudo de agua que transparenta la insignia de los Cabeza de Vaca.

—Es para que Vuestramercé siga escribiendo, ya que me dijo la otra vez que lo que había escrito no era verdad o era "la poca verdad..." Yo le haré de copista en cuanto me lo diga... —Tiene una mirada bondadosa y dada. Es en este papel que divago al atardecer. Es sobre este regalo de Lucinda donde escribo con eso nuevo y extraño que llamaría libertad. Trato de llenar cada día dos o tres cuartillas. Me pongo al atardecer en mi escritorio desvencijado con el candil que me prepara doña Eufrosia. Pero antes me visto con medias finas y alguno de los viejos trajes que exhumé. Me visto como para visitarme a mí mismo y dialogar con los otros Alvar Núñez Cabeza de Vaca, los que ya murieron o merodean dentro de mí como almas en pena. Me sirvo una copa de xerés. Bastaría hasta que me salude a mí mismo.

34

Mejor así. Si tuviera que escribir para Lucinda sería algo tan mentido y empacado como mis *Naufragios y Comentarios*. Sería tan oficial y exterior, tan convenido, como una relación al Consejo de Indias o al mismo Rey. He, pues, decidido que seguiré libre sobre este campo blanco, infinito, que a veces me hace acordar a aquellas mañanas lúcidas del desierto de Sinaloa. La soledad salvaje, la verdad. Libre: sin ningún lector de hoy.

No tengo más remedio que mentirle a la buena y bella Lucinda.

—No soy de pluma ágil. Te ruego que me des tiempo. Una vez por semana vendría por aquí, para ver los mapas y mantener un relato más o menos coherente, ya que tantos años pasaron. ¡No vaya a ser que los historiadores vuelvan a enojarse conmigo!

Brillan los ojos de Lucinda, hace un mohín gracioso. Tal vez intuye que hago trampa.

Me senté muy cómodamente junto a la ventana, pero en ningún momento pude concentrarme. No tengo paciencia con la prestigiosa mentira de la exactitud. Más bien en algún momento me divertí porque marqué con cruces los lugares donde me parecía que habían ocurrido mis naufragios. (De mí nunca alguien podrá acordarse como de "¡Don Alvar el Navegante!"). Mi carrera naval fue francamente indecorosa, desafortunada, porque en esto del mar la suerte cuenta mucho más que la habilidad. El Genovés, por ejemplo, era un extraordinario navegante y además tenía suerte. Sobre todo tenía la serena y triste persistencia del judío, que vive la vida como una resignada condena de la cual es menester sacar partido. "Don Alvar, el Náufrago", sin dudas eso es lo correcto. Fui honesto al ponerle título a mi primer libro.

Las cruces están ahí, entre Cuba, la costa de México y La Florida. Mis naufragios precoces, infantiles, sin experiencia. Porque también tengo naufragios de la madurez, los penúltimos, y por cierto que habrá ese naufragio final, el serio, que sin dudas ya acecha en las correntadas de mi sangre.

Desde la distancia se hacen ridículos todos nuestros esfuerzos. La tragedia se torna ópera cómica. Somos cómicos. Bípedos tenaces, devoradores, invasores. Venciendo mil dificultades, sin paz ni sosiego. Escribo esto considerando y recordando esas noches de desastre: el agua violenta, con gusto y color de acero líquido. Gritos, imprecaciones. Los que se entregan y los que quieren organizar la catástrofe. El héroe que se ahoga tendiendo la mano al amigo y el que se salva dejando el hijo a la deriva. El que se hunde con sus pertenencias, por avaro y codicioso. El que se va al fondo por mantener la espada o la cruz o —las más de las veces— el arconcillo lleno de ducados y maravedíes. En todo caso, yo que sobreviví a varias de esas noches atroces, siempre tuve la sensación que había algo de justicia, una especie de aliviador sentimiento de que la catástrofe y la muerte de tantos era simplemente un adelanto del juicio de Dios.

Desde joven tuve la sospecha de que pertenecemos a una especie profundamente degenerada y hasta peligrosa.

Los ojos abiertos en la noche, la mirada ya puesta en otra dimensión de quienes, en el instante del abandono, nos miran. Esas miradas no se olvidan: son los ojos de Corvalán que muchas veces se me aparecieron entre sueños. Y los ojos del grumete Gandía, el joven pederasta que acompañaba y hacía de paje a Pánfilo Narváez. Me contó Dorantes que éste le soltó la mano, llorando. Luego, una gran ola verde se llevaría al miserable de Narváez, mi jefe.

No omito un sentimiento de jocosidad sin alegría. Uno sintió alguna vez que, de haber seguido en vida, la mayoría de ellos hubieran sido tan miserables como toda esa gentuza que España, las catacumbas roñosas de las Españas, vomitaron sobre América.

No me siento sentimentalmente solidario. Por suerte el tiempo no me ablanda como a un sastre o un notario de la Real Audiencia. Y si viviese 500 años más diría lo mismo. (Pero seguramente dentro de quinientos años ya no existirá España, como hoy no existe Roma, y nadie se acordará de nosotros, que le dimos su grandeza.)

Fingí tomar notas. Antes del mediodía, ya sin el cansancio en las piernas que persiste tanto en estas semanas, devolví el material a Lucinda y le agradecí de nuevo la resma de papel.

—Debo decir a Vuestramercé que el señor canónigo está muy honrado de que usted visite nuestra biblioteca... —me dice.

—¿Honrado? ¿Estás segura?

Lucinda se sonroja un poco. Alma pura.

—¿Seguro de que está honrado?

No quiero que Lucinda sufra. Le señalo un pájaro que canta en el naranjo del patio. El canónigo debe haber hecho algún gesto, alguna referencia a todas las habladurías, a esas ambigüedades que se hablan de mí. La pobre Lucinda quiere ocultar las cosas. Debe ser la única persona que tengo a mi favor en esta Sevilla ganada por aventureros, maricas flamencos y truhanes.

Digo que volveré el próximo jueves.

Cuando me fui de Santa Clara con la resma bajo el brazo, esquivando los charcos infectos del suburbio, no pensé que Lucinda me había regalado, con inocencia, con sabiduría, una posibilidad de existir, de reexistir. Al día siguiente, cuando me puse a escribir, comencé con el tono de siempre, el estilo del señor que a través de solemne notario se comunica con su rey —que es el estilo frecuente y frecuentado. No sin trabajo fui rompiendo las frases y los silencios convencionales. Mi brazo y mi mano se resistían. Por fin, ya seguro de que el mío podría ser un libro absolutamente secreto, como lo será, empecé a lograr que la punta de la pluma más o menos calcase la voz interior. Empecé a caer en mí mismo, lo cual no es fácil. Continuamente tuve que repetirme que ese libro sería como para ciegos: no había ojos que amenazasen la libertad de expresarme; porque los ojos del otro son el fin de nuestro yo, de nuestra espontaneidad. Así pude ir convenciéndome de que el *otro* no existiría, al menos hasta mucho tiempo después de mi muerte. Y desemboqué en el lujo de la libertad. Una libertad de papel. Una nueva forma de caminar, de aventurarme por los desiertos, adecuada para el viejo que ya soy.

En la semana pasada este lujo adquirió un ritmo frenético. Viví el vértigo de esa independencia a punta de pluma. Una exaltación como la de aquella mañana cuando decidimos dejar esta "civilización" de aventureros y tiranos y nos lanzamos desnudos, hacia el desierto, hacia el espacio abierto. (Bueno, no por cierto la misma sensación de aquel tiempo de frescura y juventud cuando fui capaz de dar el más osado e insólito paso que cualquier caballero conquistador hubiese imaginado, seguramente más importante que el famoso salto de Alvarado o la supuesta quema de las naves de Cortés o de la raya en la arena de la Isla del Gallo. Pero una enorme excitación que por momentos me quita el sueño: me quedo pensando en la cama y sólo puedo dormirme al amanecer, extenuado por mis correrías interiores.)

En la costa del Guadalquivir el Imperio aparece en carne viva. Basta que uno se ponga a caminar por el Arenal, como llaman a la costa de arena que forma el banco y donde se apoyan los muelles que siguen creciendo, arruinando el viejo panorama que todavía soy capaz de recordar. Ya se completaron las naos que fueron llegando de la Vera Cruz y acerca de las cuales se tejieron tantas inquietudes. Los corsarios ingleses y franceses no dan tregua, no dejan de robar ni expoliar en paz a quienes tienen derechos papalmente acordados para hacerlo.

Tenía razón Bradomín, trajeron mucho oro y metales preciosos. Se ve que la plata del Potosí pasó por Cartagena y de allí fue llevada a Vera Cruz.

Desde el amanecer hasta la noche hay un movimiento frenético. Los señores que hasta hace poco todavía conservaban sus casas en la zona, ya las vendieron y se conforman a no gozar el señorial fresco que entra por el río en los atardeceres tórridos. Ya no quedan los viejos faraones...

Es un incesante vocerío en todo lo que va, por ambas costas, desde la Torre del Oro hasta el puente de barcazas para pasar a Triana.

Gracias a mi sello de miembro (virtual) del Tribunal Supremo pude superar la guardia y aproximarme a la Torre custodiada por un regimiento de lansquenetes alemanes o suizos. (De los mismos que custodian al Santo Padre.) Controlaban y volvían a lacrar los cajones de plata peruana y mexicana. La traen en lingotes ya sellados. Atentamente los cuentan esos voraces acreedores de mirada de águila que vienen de Génova o de Flandes, como los Fugger, que según dicen todavía se están cobrando los 450.000 florines que aportaron para comprar hace décadas a los grandes electores de Carlos V.

Discuten en su lengua y se dirigen a los oficiales nuestros en ese español breve y autoritario que se aprende hoy por todas partes, sobre todo para fines comerciales. Son hombres secos y concretos que por suerte —o por desgracia— nuestra tonta España actual no sabe producir.

En la muy custodiada tarima puesta contra la Torre se ve un selecto regimiento de ídolos de oro. Abollados dioses humillados que pasan de la sentina a la balanza. Se ven varias pilas de máscaras, seguramente funerarias porque tienen manchas verdosas y oscuras de la corrosiva cadaverina de caciques, guerreros-águila o sacerdotes que vieron violadas sus tumbas, váyase a saber en qué lugar, en qué región más transparente del aire...

Con urgencia —no pasará de esta noche misma— cargarán ese "oro en forma", como lo llaman, y lo

40

llevarán custodiado por el regimiento de suizos hacia ese lugar secreto, que dicen que está en el camino de Córdoba, donde muy especializados artesanos holandeses lo refunden para transformarlo en lingotes de exactísimo peso, como debe ser un adecuado y serio medio de pago aceptado internacionalmente.

Seguí más allá, hacia el muelle de los grandes bastimentos de Indias: azúcar, aromáticas especias, cacao, piedras medicinales, pieles curtidas, plumas exóticas y hasta sagradas —como las del quetzal— que, según dicen, las reclaman a cualquier precio las putas finas de Venecia y de la corte borgoñona. Me gusta demorarme en ese muelle. Me apoyo contra los altos fardos de hojas secas de tabaco y aspiro profundamente el olor de aquella América. Las balas de goma látex, el susurro de las bolsas de porotos. Pero lo que más me gusta es hundir la mano abierta en los granos de cacao y aspirar el aroma denso.

Por esos muelles trajinan los mayoristas y transportistas en eternas discusiones y acuerdos. Compran por diez las materias que luego volverán a España en forma de joyas, chocolates, ropa fina, abrigos principescos, y serán vendidos al precio de cien.

Al fin del muelle que llaman "de ultramarinos", me encontré con la sorpresa de dos grandes jaulas de caña con grupos de indios que miraban sin comprender o que dormitaban echados. Se me dijo que venían de Yucatán. Cuando me aproximé, muy excitado como en cada ocasión en que encuentro americanos, pude tranquilizarme y comprobar que tenían la frente achatada y eran muy cobrizos, indudablemente mayas. Pero pese a ello me sentí súbita e incontrolablemente mal. La frente se me cubrió de transpiración y por las axilas corrían gotas frías. Temí una descompostura. En mi alta edad sudar es tan anormal como ver salir aceite de un adoquín. Temía la inminencia de un fuerte mareo. ¡Y si alguna vez me toque encontrar, entre estos desdichados, alguno que yo pueda creer hijo mío? Me apoyé en la viga del jaulón y empecé a recuperarme. Tranquilicé al guardián con un guiño. Era en realidad un responsable de la Alhóndiga. Me explicó que una jaula iría para Lovaina y la otra para Leipzig. Desde la sanción de la bula *Sublimis Deus* de Pablo III, hay una enorme demanda para estudiarlos en las grandes universidades. El Santo Padre los declaró definitivamente humanos. Valen mucho porque pronto enferman y mueren sin que pueda descubrirse la causa. Se quedan quietos, con la mirada fija y perdida durante días y días; como afectados del famoso *banzo* que suele aquejar a los negros esclavos. Terminan por morir sin pronunciar palabra o cantando alguna mágica melopea. Muy pocos se adaptan. Algo parecido pasa con los tigres, los guacamayos grandes y las panteras de Guyana.

Del otro lado del canal estaba amarinando el *Cabo de Luz*, que ya vi el año pasado, antes de su travesía anterior. Estaban cargando para el fuerte de Cartagena esos cañones bruñidos que labran en Bruselas como verdaderas joyas. Estibaban decenas de cajas de mosquetes, mosquetones y alabardas de admirable artesanía. En la punta del atracadero vi varios curas controlando planillas de carta. Santería al por mayor. Enormes figuras de vírgenes con sus miradas inexpresivamente iguales. Ropería eclesiástica. No menos de dos docenas de impresionantes Cristos tamaño natural, por suerte no consagrados, que los esclavos moros del puerto llevaban hacia la bodega como laboriosas arañitas arrastrando un avispón muerto. Me puse a ver los retablos que olían a pintura fresca: los hacen en San Bernardo al por mayor y les ponen firmas prestigiosas, como si viniesen de Florencia. Muchas cajas con misales y catecismos que embalan envueltos pacientemente en papel encerado. Copones y custodias de latón con pintura de oro, adecuados para producir en misas lejanas ese Cristo un poco de segunda que los indios devorarán con unción y obligación. Me sorprendió ver las inconfundibles roscas de madera estacionada de olivo de dos imprentas de regular tamaño. Dicen que han fundado universidades y editan ya libros. Delirio de los curas, que terminan por creerse lo que predican.

Del lado de la isla de la Cartuja llegaban relinchos, balidos, mugidos y hasta cacareos de los pobres animales que partían para su travesía de Indias. La brisa traía un sano olor de bosta. Me pareció distinguir entre esos ruidos resignados el bramido profundo y amenazante de alguno de esos toros de lidia que los ganaderos indianos empiezan a exportar para sus corridas o para cruza.

Cientos de personas que seguirán trabajando incluso entrada la noche. Redes, guinches, cargas, risas, martillazos, imprecaciones. Los sonidos se ahogan en la corriente lacia del Guadalquivir, anochece. Desde los castillos de popa, contramaestres tratando de hacerse oír, contadores de lápiz atento y de vez en cuando la silueta de algún capitán que bosteza aburrido debajo de su tricornio con vistosas plumas americanas.

Quien vaya alguna vez por el Arenal podrá irse haciendo una idea más o menos clara del mundo en que vivimos.

Tengo un sombrero de fieltro negro de ala plegada, con penacho de plumas de los que ahora se estilan, naturalmente con los colores de mi casa. Dos plumas están quebradas pero no se ven mucho, disimuladas en la móvil policromía.

Tengo también zapatos de hebilla de esos que llaman italianos y que lo hacen sentir a uno como si anduviese descalzo. Eso será bueno en Florencia, pero no en esta Sevilla de malolientes lodazales. Esos zapatos sólo sirven para gente de carroza o palanquín, no es mi caso. Yo siempre anduve con brutales botas militares o descalzo del todo. Ocho años descalzo —o a veces con ojotas, que es el mejor calzado del mundo—. Ocho años descalzo, con las plantas echando suelas de cuero amarillento, como una autodefensa. Verdaderos rebordes del mejor cuero del mundo, que es el cuero de uno. ¡Al servicio de Su Majestad el Rey y de la Santa Fe!

Antes de llegar a México, creo que en Culiazán, entré de nuevo en las botas después de limar con un indio entendido los pies de salvaje que me habían crecido en aquellos años.

Las botas son como coturnos. Coturnos de esos de madera, que hacen caminar como muñecos a los actores y que retumban fuerte sobre el tablado de la escena. O son como zancos, también. Y uno se mueve oscilando en lo alto, como zancudo de feria. Uno se bambolea y hay que disimular. En México-Tenochtitlán fui recibido con mis botas-coturnos, creo que me los había prestado el Gobernador. Cortés me miraba con sorna. Yo ya había perdido la costumbre de ser soldado español (tal vez, incluso, de ser español) y me bamboleaba un poco como si entrase en zancos en el salón donde se me homenajeaba. Cortés tenía botas finas, de cabritilla y dicen que no se las sacó hasta su muerte. Dicen que fue enterrado con esas botas. El marqués de Oaxaca...

Observo mis pies en esta tarde dominical. La terraza es el lugar más accesible de la casa. Se ven los techos moriscos del viejo barrio de la judería. A la derecha la descomunal Giralda, una extraña diosa transformada en campanario. Doña Eufrosia me puso una gran palangana de agua tibia y largamente he observado, con imparcialidad, mis fatigados pies. Casi no tienen huellas de las viejas lastimaduras y quemaduras. Se los ve jóvenes, renovados. Y como siempre, me parecen poco sólidos para el destino que tuvieron que cumplir: sostener al caminante. Llevar al hombre que más debe haber caminado por esta tierra (y con tan poco resultado).

Son anfibios. Les place el agua. Están sumergidos bajo la tibieza del sol como dos lagartos de La Florida. Ciegos, obedientes, mediocres, nunca dieron grandes disgustos ni grandes sorpresas. En este sentido son una de las partes más claras y seguras del cuerpo, peligroso individuo que más bien nos tira estocadas, amenazas y bajunas traiciones a lo largo de toda la vida. La piel se les ha puesto transparente como un pergamino. En estos años de prisiones y de pleitos han perdido todo recuerdo de los caminos y de los desiertos, se han transformado en dos cagatintas pálidos de esos que trabajan en la Real Audiencia.

Lavé cuidadosamente los pies porque he mandado reservar en el burdel de "La Gitanilla" de Carmona, para esta noche.

Como me di mi baño quincenal profundo, pude observarme en el espejo del cuarto de aseo. Lo que hice el otro día con mis trajes, lo repetí ahora con su desganado relleno. Bien dicen que espejo antiguo no conoce susto. Curiosos seres, medio misteriosos, estos espejos que sin indigestarse devoran nuestras figuras y las escenas de nuestra vida. En este espejo veneciano —una de las pocas cosas que conservé de mi último naufragio, causado por la expoliación de falsos influyentes y leguleyos— mi madre se vio antes de su casamiento. Ella también entró en su recuerdo como yo ahora. Tal vez desde el otro lado de la capa de estaño esté mirándome con una sonrisa de tierna ironía al ver lo que queda de su hijo (el águila).

Extraño objeto lleno de conocimientos pero condenado a la desmemoria. Nada puede sacarse de él: es como un lago quieto en el que todos nos ahogamos y desaparecemos.

¿Uno se presentará ante Dios vestido? Prefiero creer lo mejor, lo más decoroso, aunque los grandes pintores de Flandes sigan pintando el Juicio Final con legiones de gente indecentemente desnuda ante la mirada de Dios. Con los años hasta los más tristes harapos son mejores que nuestra piel.

De frente la cosa más o menos se disimula: el rostro alargado, la barba canosa pero nada enrulada y bastante parejamente cortada (por doña Eufrosia); luego un pecho flaco, medio puntiagudo, de gallo viejo, en el que seguramente una doncella no lograría adormecerse ni apapacharse.

Con cierto temor giro hasta quedar de costado. La barriga se fue cayendo más de lo imaginado y todo lo que parezca tener alguna vitalidad parece querer descolgarse de la percha ósea. Arriba quedan los homóplatos y las clavículas un poco como nostálgicas del tiempo de la carne.

Por suerte este espejo veneciano es ambiguo como la misma gente de la *Serenissima*. Las formas se mezclan con una permanente niebla perlada, de atardecer lacunar, una *foschia*. Es un espejo admirablemente confuso, elusivo, como esos embajadores que manda Venecia para espiar la grandeza más bien bestial de nuestra España.

La carne va cayendo como el cebo de una vela en extinción y se acumula sobre las sólidas columnitas romanas de los muslos. Es una informe cantidad de ser que pareciera querer cubrir desde arriba ese confuso follaje ralo, canoso y ceniciento, donde la braqueta cumple honestamente y sin mayor esfuerzo su función.

Urgía cubrir la visión: me eché la camisa con rapidez como quien púdicamente cubre el cadáver de un viejo amigo.

Presiento que ese cuerpo está preparando su muerte. Es lógico que sea así y debo aceptarlo. En las tardes me suele acosar un cansancio insuperable que me obliga a sentarme en cualquier sitio y a respirar profundamente para recuperarme. Ayer mismo fue así. Debí disimular ante doña Eufrosia. Es un anuncio de que algo muy malo combinan los humores internos.

Pero, contradictoria como siempre, esa vieja carne también me manda extraños mensajes de lozanía. No puedo creer que sea efecto de la exaltación de la escritura, pero desde hace más de un mes me despierto muchas veces con fuertes erecciones y creo salir de sueños cargados de espesas voluptuosidades, como si acabara de ser expulsado de un burdel y no recordase absolutamente ningún detalle. (Con todo el respeto que esa niña merece, debo decir que un par de veces me pareció que se asomaba Lucinda en esas confusiones nocturnales.)

Es un inesperado retorno del ardor. Un curioso renacimiento de fuerzas que creía perdidas. Orino con vigor y cierto escozor.

En suma: que no sé si empiezo a morirme o si al cuerpo se le ha ocurrido otro ciclo de vida.

EL BURDEL DE "LA GITANILLA" ESTÁ EN LAS PUERTAS DE CARMONA. Había reservado para el jueves, día bien laico y jupiterino, ya que para mí el viernes es día de ayuno, preparatorio de los ejercicios religiosos de sábado y domingo. Aunque mal cristiano, cristiano soy. (En la Catedral conservo mi sitial de privilegio, de Capitán

48

General, y me arrodillo en el mismo lugar donde lo hacía mi abuelo.)

Pasado el gran calor, salimos en la carroza de alquiler. Hacía unos seis meses que no tomaba la decisión de insistir en esas cosas porque sólo dejan sentimiento de desilusión y gastos. Pero uno lo hace por inconfesado orgullo. O para seguir sintiéndose en vida. Además, también, como honesta respuesta a ese renacido ardor al que me referí.

Ningún medio es más conservador de los lejanos prestigios de nuestro pasado que el colegio de la infancia o el burdel. La Gitanilla, que es una vieja emparchada y rellenada con cremas, polvos y perfumes egipcios, me concedió reverencias de honor como las debidas a un jefe de Estado o a un Borgia. Se ve que quedaron en la noche de Sevilla los recuerdos de mis correrías de hace treinta años, o los de aquella fiesta burdelera que pagué para todos los oficiales y pilotos de mi flota de Adelantado, antes de zarpar hacia el Paraguay. Podemos ser más famosos por el lado de nuestros pecados que por el de nuestras virtudes.

Me senté en el salón morisco bebiendo mi cuarto de xerés. Oí que la Gitanilla gritaba con entusiasmo hacia el vestuario: "¡Niñas, el Adelantado!".

Pasaban con tules de bailarinas moras, como señoras flamencas de sombrilla, un par de monjitas descalzas y varias "fernandinas", esto es disfrazadas de hombre, generalmente de guerrero, como se dice que prefería el rey Fernando a la Bobadilla y a la Alamán.

Elegí la inglesa: una pelirroja muy joven. Arreglé el enorme precio con las menores palabras posibles ya que la Gitanilla me largó varios latinazos sobre esas malas artes y a mí no me gustan diálogos con alcahuetas.

(Curiosamente en estos tiempos en que el español se afirma como el único idioma universal, el latín clásico sólo parece sobrevivir en los burdeles, curioso destino del espíritu pagano que lo engendró.)

Nos dieron la sala veneciana, preferencial. La "inglesa", aunque dijo llamarse Vázquez, era realmente bastante inglesa y como dijo la alcahueta, pelirroja real y completa.

La ensarté firmemente por detrás. La cosa no duró mucho: ascenso rápido y rápida caída en el tedio de la hora, de la tarde.

Como siempre la repetida sensación de haber llegado, de haber estado muy brevemente y de haber sido expulsado de una patada hacia la vida de siempre. Acababa de vivir con la inglesa la parábola del pobre Adán.

El camino de vuelta, ya entrando la noche, me pareció interminable. Es cuando uno hace las cuentas y sopesa la vana estupidez. Dada mi posición tuve que fingir que el dinero es nada para mí o que me sobra. Tuve que ser magnánimo en propinas incluso con la jorobada que actuaba como moza de alumbres y permanganatos. Pero en realidad aquella salida —o entrada— tan breve y estúpida me costaría pasar de carnero a vaca. Y a la pobre Eufrosia la condenaba a un mes de ensaimadas y salpicón.

Siempre siempre predominará la desilusión al volver del burdel. Sensación de banalidad y humor sombrío. La convicción de que un oportuno y sabio meneo hubiese abreviado la pena y el gasto. De joven uno más bien iba al burdel para encontrarse las imágenes para futuros coitos imaginarios.

Es evidente que sigo teniendo una vida sentimental

más bien pobre. Que no he aprendido casi nada en este campo.

Yo que he entrado en tantas putas, judías, moras, barraganas e indias, me voy a morir sin haber conocido la carne de una mujer decente de mi jerarquía. Alguien como mi madre, digamos.

TOMAN MUCHO CACAO, está de moda. Sobre todo en las tabernas finas y en las hosterías donde van los comerciantes de la calle de los Francos. Lo venden carísimo, en tazones, aunque no tengan idea de cómo lo preparaban los mexicanos. Los holandeses lo ofrecen en tabletas que envuelven con papeles finos, dentro de cajas con etiquetas hechas a punta de pluma con escenas mitológicas de Grecia y de la antigua Roma. Es el regalo que hoy estilan los nuevos ricos.

Para mí es un aroma evocador. Enseguida me remonto a Vera Cruz, a las mañanas lúcidas de Tenochtitlán cuando todo me quedaba por delante y yo era el joven de "la gran hazaña". Pero sobre todo, el aroma del cacao me arrima al recuerdo de Amaría.

También se consume tabaco. Lo difunden los britanos y los infaltables flamencos. Nosotros luchamos, descubrimos y transportamos. Ellos venden y ganan. Se quedan con los productos y con el oro con que debemos recomprárselos. Han sabido poner negocios para vender tabaco y lo difunden por sus bondades para la salud. Los amariconados franceses que mercan en la Alcaicería,

51

durante sus discusiones abren cajillas de marfil o de plata y aspiran tabaco molido, rapé. Muchos lo fuman también, como los caciques tupís en sus rituales. Ayer, en la casa Calvillo, el marqués de Bradomín que festejaba la anormalidad de un reconocimiento literario (como él dijo), lanzó pesadas pullas hacia la mesa del indiano o perulero enriquecido Fontán de Gómez, que había encendido un formidable charuto apestando todo el local. Festejaba la llegada sin averías de su carga en la flota que llegó el otro día. Comió una enorme pata de chancho y después se puso a fumar. Es un nuevo cacique pero que no pierde el tiempo en buscar el paraíso, el *Yuv Mará Ey.* Fontán de Gómez ya está definitivamente instalado en él. Ahora sólo le falta expulsar a Dios y todo será más fácil y agradable. Lo conseguirá pronto.

Orondo, se infla apaciblemente. Rosado, tirante, con sensatas manos de manteca que nunca perdieron tiempo empuñando espadas. Los gitanitos mendicantes se congregan junto a la ventana de su mesa para verlo fumar como a un extraño ídolo de los tiempos nuevos. Es un brujo vacuo, un chamán de chaleco de brocado. Indiano butafumeiro. Según los amigos de Bradomín, resentidos como toda gente de arte, Fontán de Gómez está a la busca de palacio y escudo. Hace fuertes ofertas. Habría que tenerlo en cuenta.

No se distrajo jamás en aventuras. Con el oro de tres cargas afortunadas puso una fonda en Triana, un burdel para tropa del lado de San Bernardo y una letrina de esas pagas, cerca de la Catedral (los domingos gana mucho con los caballeros que ya no mean contra los arbotantes).

Comer, follar, cagar. Fonda, burdel, jamerdana. He aquí un hombre que opera exclusivamente en torno a la esencia, como dijo el sarcástico Bradomín. Son en realidad los tres verbos de esta nueva España rica y poderosa. Una Roma que pronto se irá deshaciendo en Babel.

Bradomín es manco. Cuando bebe, como ayer en su festejo, cuenta historias disparatadas sobre la pérdida de su brazo. Ayer contó que lo enterró solemnemente en Cuernavaca después de un terrible encuentro con los indios y que Alvarado y yo habíamos sido padrinos de ese velorio parcial y no tan triste como hubiese sido un entierro completo.

Bradomín es flaco, esmirriado, con largas barbas entrecanas de profeta furibundo e insolente. Estuvo dos veces en prisión por deudas, o por adulterio, no se sabe bien. Seguramente terminará como carne de Inquisición porque su irreverencia es incontenible y extremadamente talentosa. Estos son tiempos en que por un adjetivo se puede perder la vida, y él preferirá siempre un buen adjetivo.

Como ocupo el lugar de honor de la mesa, lo tengo a mi lado. Estuve tentado, pero no me atreví, a comentarle esa exaltación extraña con que vivo esta inesperada "jornada literaria" de mi vida y que se origina en la resma de papel de Lucinda. Bradomín escribe demasiado bien y yo no escribo por cosas de estilo sino para decirme verdades que resultan todavía inconfesables. Todo posible acercamiento entre nosotros resultaría infructuoso.

Festivamente, Bradomín anunció en su brindis que me dedicaría el nuevo libro. Parece que se trata de aventuras imaginarias también en México, con tiranos terribles y condesas debidamente libidinosas. Dice que se lo editará un supuesto vizconde de Calafell, un rico señor con imprenta en Barcelona y en Florencia, un tal Barral o Berral.

EL REY ME HABÍA MANDADO A BUSCAR CASI EN SECRETO. ¿Por qué no contarlo? ¿Puedo temer todavía a la Inquisición, a la Real Audiencia o al mismo Soberano?

Cón los años uno termina por perder el temor hasta de Dios.

Fue el 11 de septiembre del año pasado que los cascos de los cuatro caballos atronaron el callejón de la Pimienta, inquietando a todo el vecindario tan curtido de terrores antiguos y de fuego de hoguera.

Doña Eufrosia, casi temblando, hizo pasar a un empenachado capitán que me esperó mientras yo me vestía adecuadamente. Me informaba que el Emperador quería verme en Yuste. Si yo "lo veía bien" pasarían a buscarme en una semana.

Tuvimos unas jornadas ya no tan calientes. Me alegró cruzar los polvorientos caminos de la infancia que sólo el recuerdo podía amenizar. Por entonces los olivares me parecían gigantes regimentados en esa tierra seca y dura de la España profunda.

Decían que el viejo Emperador, al retirarse abdicando en favor de su hijo Felipe II, eligió Yuste, el monasterio de los Jerónimos, para acomodar sus cuentas con Dios, y seguramente y en especial, la del saqueo de Roma en 1527.

54

Carlos, primero y quinto, el hombre más poderoso de la Tierra estaba allí, en esa hondonada umbría. Nosotros, los Conquistadores, y la legión anónima de sus soldados, éramos la fuente de su grandeza. Fuente reseca y olvidada. Fuente de esas donde sólo abrevan los mulos.

Aquel seguramente sería mi último viaje por aquellas tierras, ligadas al recuerdo de mi infancia, y el Emperador estaba en las penúltimas curiosidades del suyo. Tardamos cinco días y no me fue penoso. Fui tratado según mi dignidad, con inesperado respeto. La vida tiene estas cosas: Dios deja que la manejen los diablos juguetones.

El Emperador se sobrevive en una edificación de dos plantas construida especialmente junto al viejo monasterio.

Está atendido por una Corte mínima y por unos sesenta monjes gordos como gato de rico. Porque el "refectorio" se ha ido transformando en sala de un banquete continuo. Su Majestad renunció a casi todo, pero no a la buena mesa que atienden sus seis cocineros. Además, por prescripción médica del doctor Mathys, dados los tan intensos ataques de gota, el Emperador debe comer muchas carnes rojas, mariscos, ubres y mollejas que puedan segregar los aceites que necesitan sus articulaciones resecas.

Me dejaron descansar debidamente en una celda amplia y caleada que daba a un jardín florido, murmurante de fuentes de piedra. Al día siguiente me llevaron ante el Emperador, que desde la muerte de su querida madre, Juana la Loca, vive con las paredes cubiertas de seda negra, sólo interrumpida por los esplendores de Tiziano. Fui vestido con mi discreto traje de juez del Tribunal Supremo. En la antecámara, donde me recibió, estaba el superior del convento, el padre Angulo; el secretario del Emperador, Martín de Gaztelú, y su médico el doctor Cornelius Mathys. Yo entré siguiendo al Chambelán, pero nadie me observó. Todos miraban hacia donde miraba el Emperador desde su reclinatorio con almohadones. El Emperador tenía la cabeza estirada hacia el extremo opuesto del cuarto donde el maestro relojero, un tal Juanelo, estaba dedicado a la tarea semanal de dar cuerda al enorme reloj flamenco que marcaba las seis y diez de la tarde. El maestro ejecutaba cada vuelta con el mismo ritmo, como para no alterar o enojar las entrañas de acero de la máquina. Sólo se oía el ruido de la cuerda al girar la manivela, el susurro árabe de la fuente de agua y un jadeo sordo que provenía del pecho del Emperador. Se veía que en ese palacio el tiempo era ya un objeto de extremo cuidado. El maese relojero hizo una reverencia y salió.

El Emperador me observó largamente. Todos estaban en silencio. Después de un rato se oyó una quebrada voz administrada según el criterio del menor esfuerzo:

—Tú eres el famoso caminante... Ya ves, el Emperador casi no puede caminar. He vivido como preso, sí, preso. Incluso durante las cacerías que era lo que más me gustaba. Si hubiera caminado no estaría postrado. ¿Pero dónde se puede ir dentro de un palacio? Tú caminaste ocho años, dicen... Una vez estuviste con nosotros en Toledo, ¿no? ¿Eras tú?

Moví la cabeza asintiendo. Nuevamente se estableció el silencio y se oyó el desagradable jadeo en peligroso contrapunto con el implacable tictac metálico del reloj. Además el Emperador raspa los dientes como para alinearlos antes de cada frase, ya que son flojos y no coinciden adecuadamente.

—Ahora bien... ¿Por qué has pagado aquella expedición al Río de la Plata? ¿Por qué insististe después de lo de México? ¿Querías corregirlos? ¿Quisiste corregir el curso de la realidad? El paraíso de Mahoma...

Volví a asentir, en silencio. Hubo una larga pausa.

—He tratado de conocerlos a todos, al menos a los que pude, porque son muy pocos los que regresaron o no se volvieron locos o criminales... Tú eres uno de los menos claros, un caballero andante caído a Conquistador. Estás en el otro extremo de ese demente, el Lope de Aguirre, que parece, me cuentan, se rebeló en medio de la selva marañona contra mi hijo... Y tampoco eres como tu abuelo Pedro de Vera que tanto bien hizo a la Corona. Fue un hombre muy cruel y muy eficaz: acababa con guanches o moros, según donde se lo mandara. Vosotros, los conquistadores sois hombres demasiado poderosos. Sois, por naturaleza, de la raza de los grandes. La Corona tiene que ganar tierras y almas, pero después sólo puede haber orden y obediencia. ¿Puede pedírsele a un león que sea ordenado y obediente?

Su voz resonaba en la sala más desde su prestigio que desde la real fuerza de sus gastados pulmones.

—No vayas a creer que no sé de esas grandes perfidias que tú has visto ejecutar en las Indias. Abusaron y aún siguen abusando de la autoridad delegada (por Dios, no por mí, que no soy nada). Se necesitaron los conquistadores para vencer a los indios. Ahora se precisan regidores, corregidores, curas y notarios, para dominar a los vencedores... He trabajado los últimos diez años de mi vida para dejarle a mi hijo un Reino donde la arrogancia de los grandes capitanes quedase ahogada en un orden administrativo...

Sí, pensé, pero esa arrogancia de los capitanes intrépidos es la que hizo de reyes mortales, inmortales.

Hubo otro espeso silencio que no incomodaba en nada a los cortesanos allí reunidos. Se veía que el Emperador, aunque echado, era incapaz de sacarse su largo cansancio. Ese convento-palacio no tenía otro objetivo que el de cobijar una gran muerte; madurar la enorme muerte que correspondía a una gran vida. Dicen que el Emperador siente desde que llegó a esta soledad que va a morir. Lo sabe por el ruido del segundero del reloj metálico que dice "escuchar como si fuesen campanadas" y por el aliento fétido que lo persigue desde hace veinte años. Es el famoso "aliento de león enfermo" como escribió el Contarini, el insolente embajador veneciano (no es malo que lo haya escrito porque es sabido que espiar es la tarea de los embajadores, lo malo es que su insolencia se haya conocido en todas las cortes de Europa).

El Emperador vive con su muerte. Ayer me contó un monje que ya ensayó su propia misa de difuntos. Hasta pidió que lo ayudasen a meterse en el ataúd instalado, como es usual, ante el altar. Como goloso de muerte se echó y empezó a dormitar arrullado por el cántico fúnebre de los monjes. Es un ataúd de emperador: acolchado con tibia seda china de color damasco. El Emperador vive —o premuere— amenazado ya por esa peligrosa melancolía que enturbió a tantos de su familia, a su abuela y a su madre Juana.

—Por la Corte decían que tú guardabas un gran secreto que sólo a mí o a mi hijo el Rey confiarías...

Me quedé mirando el suelo. Se oía el tictac abrumador, el blando murmullo de la fuente, el aire que pasaba a través de las flemas del pecho imperial. Su curiosidad era débil, como la vida que le quedaba. ¿Iba a hablarle de las Siete Ciudades de barro y estiércol? ¿Le hablaría de iniciaciones y de segundos nacimientos? ¿De mi crónica secreta? Era ya tarde, al menos con él. El Emperador entendió que yo no tenía nada que contestar.

—Has padecido, lo sé, pero más o menos te hemos compensado... Creo que te han dado un puesto, ¿verdad? ¿Hay algo que tengas que pedirme?

Mi demonio me sugirió solicitarle la restitución *ad honorem* de mis títulos de Adelantado y Capitán General. Pero rechacé al tentador ni bien asomó sus fauces. No tengo nada que pedir, ni siquiera al Emperador. Lo mío es tan claro que ni siquiera dudaron mis enemigos: ni Irala, ni sus barraganas, ni aquel desdichado Alonso Cabrera, mi torturador, que enloqueció lamiéndome los pies en la sentina donde me llevaban encadenado.

Ya era tarde para toda retórica.

—Absolutamente nada, Majestad —dije.

El hombre más poderoso de la Tierra desde los tiempos de Augusto y de Trajano, había saciado su discreta curiosidad para conmigo, para con *uno de nosotros*. Tuvo la ocurrencia de recordarme, me hizo venir y cuando llegué, ya se había desinteresado...

El hombre más poderoso no podría hacer lo que hace cualquier niño: correr, reír, saltar, odiar, amar. Me fui retirando según se estila. No sentía rencor alguno por su larga indiferencia. Más bien cierta comprensión, como si yo hubiese llegado a ser el padre de mi padre.

Anoto estas páginas desde mi ventana que mira a la Giralda. El Emperador murió en Yuste, y las campanas doblan acordes negros y broncos. Desde el patio del Alcázar, suenan los tambores cubiertos con un velo negro. La ciudad está silenciosa como si su destino se hubiese detenido. Con él Sevilla fue *caput mundis*. El Emperador murió en el primer día de un otoño que seguramente será muy largo para toda España.

Fue el gran protagonista de esta eterna comedia que representamos los cómicos de la legua. En cada generación estamos hermanados por haber pisado las mismas tablas, pese a la diferencia y la oposición de los roles: Cortés, el conquistador feliz, el torvo Pizarro y sus hermanos y los Almagro; Orellana, Alvarado; Ponce de León que salió a buscar la magia de la eterna juventud y encontró la punta de una flecha envenenada. Y Atahualpa y Moctezuma, los desdichados y perplejos emperadores que comprendieron el sentido de la "civilización" cuando los degollaban o los llevaban al suplicio. Protagonistas en una interminable representación.

Y también, claro, el caminante, que a falta ya de buenas piernas, avanza por estas cuartillas siempre blancas, siempre nuevas, eternas.

Hoy no parece azul el cielo sobre el que se recorta la Giralda, la diosa, hija de otro dios tan terrible como el nuestro.

SEGUNDA PARTE

Fᴜɪ ᴇʟ ᴄᴏɴǫᴜɪsᴛᴀᴅᴏʀ ᴅᴇsɴᴜᴅᴏ, ᴇʟ ᴘᴇᴀᴛᴏ́ɴ. De todos los naufragios que narré sin vergüenza ni jactancia, hubo uno decisivo, merced al cual me convertí en conquistador indigente, caminante. Fue en aquel 5 de noviembre en las costas maléficas del Mal-Hado.

Bajaron los demonios para burlarse de mí, para jugar con sus manos de agua como gato con ratón, sin siquiera dignificarme con la muerte. Los demonios del agua, entre juguetones y pérfidos.

Rápidos, enérgicos, azotes despreciativos de las manos del agua. Nuestra barca, calafateada con resina de los pinos y armada con clavos caseros, se iba desarmando en esa fiesta de demonios. Gritos, súplicas, blasfemias y plegarias. Los hombres se ahogaban. En el instante final se veía las manos como garras tratando de asirse a una imaginaria cuerda de agua o a una indiferente orla del manto del Señor. Algunos lograban mantenerse de la borda y con las piernas desolladas, quebradas, sangrantes. Trataban de alejar la barca de los arrecifes.

Era el agua enemiga, que yo bien conozco, de las noches de naufragio. Fría y espesa como acero líquido, con una espuma salada que vuela en el torbellino como baba de una risotada demoníaca. (Nada que ver con el agua inocente de los días de bonanza.)

En la noche helada de noviembre habíamos tratado de salvar las ropas, armas, yelmos y corazas, dejándolos en la barca. Allí estaba todo el material fino, de guerrero de buena familia que se lanzó como un Amadís a la aventura del mundo, despedido por la madre en el umbral de la casona de Xerés.

Los diablos del huracán saltaban en el viento. Las olas cortas nos daban secos bofetones y latigazos. Uno se mareaba y trataba de mantener la cabeza fuera de la marejada para respirar. Era un maligno endriago de corrientes bajas, encontradas y desencontradas en un laberinto de corales. Creo que cuando advertí el riesgo de ser aplastado contra los arrecifes, intuí que era mejor abandonarse al destino y a la suerte de las aguas. Vi a Palacios debatiéndose desnudo con los calzoncillos ridículamente bajados hasta los talones como una siniestra burla de Belcebú. El oleaje me levantó y me hundió, me arrolló y me rescató del fondo. Me arrancó la camisa y hasta la venda que tenía por causa de un flechazo. En la penumbra vi entonces la destrucción de la barca y sentí la curiosa alegría de estar llegando al fin de algo. Se desarmó como un hato de leña caído en el torrente, y así fue al fondo mi primera armadura. Era del maestro Foggin, de Florencia, y mi madre le había encargado labrar el peto con el escudo familiar. Allí en la profundidad del mar de los Caribes siempre imagino, en el crepúsculo de los abismos, ese metal seguramente eterno, inútilmente eterno, que fue cayendo llevado por las corrientes, perdiendo las plumas del penacho, como un vencido gallo de riñas que muriera antes de su ataque.

Las manotas de agua me echaban de aquí para allá, como a pelele. Y yo, en algún momento aflojé el cuerpo como para reírme con los labios, y a partir de allí todo fue distinto. Traté de agregarme a la fiesta de los demonios. Se me ocurrió no resistir el aquelarre. Me di cuenta de que el agua era más caliente que el aire del amanecer, y hasta me pareció que tenía cierta acogedora tibieza. Reflotaba coronado de espuma fosforescente. El azar quiso que el mar me levantase para luego arrojarme sobre la playa, no sobre las piedras. La fiesta de los diablos había terminado. Respiré entre cantos rodados, algas y caracoles. Mordí esas algas que me parecieron un manjar tibio y partí con los dientes algunas conchas de berberechos y los mastiqué bien. En ese tiempo uno tenía todos los dientes, todas las ganas. Todavía hoy recuerdo que sentí que había sobrevivido por haberme sabido agregar sin resistir a la danza de las brujas. Así resisten las gaviotas al furor del mar, sin resistir.

Estaba en calzoncillos ante la inmensidad de la noche fría y estrellada.

Había perdido vestiduras e investiduras. El mar se había tragado la espada y la cruz.

Quedábamos sólo cuatro en el amanecer de aquel 5 de noviembre. Sólo cuatro de la poderosa flota de Narváez.

Ése fue el verdadero naufragio: desnudo y sin España.

No puedo decirle las cosas a Lucinda tal como las confío a la pluma en estos días largos y sosegados de mi caminata por el papel. Pero ella me obliga a recordar más o menos ordenadamente, siguiendo la letra de lo que ya escribí en los *Naufragios*. Todo me suena episódico y exterior. Son los meros hechos como para el Tribunal de Indias o el Emperador (o la misma Lucinda, tan púdica). Los *otros* nos obligan más bien al silencio.

65

La verdad exige la soledad y la discreción para no ir a parar a la hoguera.

Estamos tan fuera del hombre que toda verdad íntima y auténtica se transforma en un hecho penal.

—EN CAMBIO UN GRILLO, UN SIMPLE GRILLO, PUEDE SALVAR UNA FLOTA —le digo a Lucinda que me mira sorprendida. Se ríe. Tiene un delicioso lunar en la mejilla y justo allí se le forma un hoyuelo, un remolino de vello imperceptible, como un valle en la piel de un melocotón.

Entonces le cuento lo que ocurrió con las naos de mi flota de Adelantado y Capitán General del Río de la Plata.

Ocurrió que un grumete, casi un niño, llamado Sandoval embarcó un grillo escondido. Travesura, porque está prohibido agregar a las alimañas de a bordo, incluidos hombres, otras que normalmente no son viajeras. Basta y sobra con las cucarachas, pulgas, piojos y las infaltables ratas que las más de las veces terminan sirviendo como reserva alimentaria antes de la muerte o de la costa feliz.

Sandovalito escondió el grillo en la juntura de una cuaderna y cuando lo fue a buscar ya no lo encontró. Seguramente el grillo había saltado por la borda para no soportar el hedor humano.

Después de dos meses alcanzamos la costa del norte de la tierra del palo brasil. Bogábamos en conserva proa al sur, llevados por fuerte viento de popa. En el silencio de una noche en que sólo se escuchaban los pasos y los trabajos de cubierta (gualdrapeos, escotas que silban con el viento que arrecia antes del amanecer, algún relincho trasnochado de algún caballo insomne), en la bodega de proa se empezó a escuchar el persistente canto del grillo. A los hombres les pareció que tenía una fuerza inusitada. No sólo el animalito no se había suicidado ni muerto sino que había sobrevivido, sin hambre ni mareo. Fue entonces cuando el viejo Benalcázar, todavía más judío que converso, saltó fuera de sus sueños y agitó a los hombres que dormían y alertó a la guardia. "¡El grillo sólo canta si está en tierra! ¡Peligro!" Se alertó a la cofa entre gritos alarmados. Se escrutó por babor y estribor y enseguida aparecieron entre los velos de humedad los arrecifes del norte de Brasil apenas a la distancia de un tiro de ballesta.

El piloto había llevado mal el rumbo y tenía mal calculada su marcación a tierra, se había creído en alta mar. Se atronó con la bombarda para alertar desde la carabela capitana a las otras naos y se logró enderezar el rumbo hacia el mar libre antes de caer en las corrientes atractivas.

—¡El grillo! ¡El grillo!

Hicieron una pantomima. Le sirvieron vino tibio con azúcar. Le intentaron poner una coronita dorada y una capita de terciopelo rojo.

El grillo siguió cantando ajeno a los honores hasta que las proas estuvieron bien entradas en el mar.

Días después, cuando bajamos por agua fresca y palmitos, ordené que lo llevasen a tierra para premiarlo según su ancestral voluntad. Merecía lo que todos deseábamos. Pero nadie pudo encontrarlo...

Lucinda se reía divertida y yo me sentí exaltado y

como súbitamente joven.

Así era el azar o la voluntad enigmática de Dios. El grillo había salvado a treinta caballeros y cuatrocientos hombres aparte de las naos que habían costado toda mi fortuna familiar.

Lo que quise explicarle a Lucinda es que hay seres desafortunados, seres sin grillos. Y eso fue el desdichado de Pánfilo Narváez...

Rematé mi triunfo oratorio ante Lucinda recitándole esa especie de copla que escuché decir a uno de los poetas de la agitada mesa del marqués de Bradomín:

"Música porque sí, música vana
Como la vana música del grillo
Mi corazón eglógico y sencillo
Se ha despertado grillo esta mañana..."

MI PRIMER NAUFRAGIO, EL PADRE DE TODOS LOS OTROS NAU-FRAGIOS fue el de haber tenido la mala suerte de haber seguido a un náufrago. Fue como un ciego que siguiese a otro ciego, y este ciego fue Pánfilo Narváez. Lo que narré de la desgracia en la isla del Malhado fue el final de una cadena de desgracias marítimas que comenzaron cuando nos embarcamos en Sanlúcar de Barrameda.

Pánfilo Narváez tenía mala estrella y para colmo había elegido el peligroso rumbo del odio. La obsesión de su vida fue imitar, superar, vencer, aniquilar a Hernán Cortés a quién le dedicó ese rencor continuo e ingenioso del que sólo son capaces los cornudos. Un día lo quería liquidar por medio de la justicia, al siguiente por medio del puñal de los asesinos o los conjuros demoníacos. Generalmente embestía de frente, como toro enardecido pero cegado por su propia sangre y por las moscas del odio.

Narváez era bruto, valiente, desafortunado. Curiosamente ahora, a tantos años de distancia, lo recuerdo por un gesto y por el rostro que seguramente tuvo en el momento de su muerte, cuando se ahogaba. Hecho que ocurrió cuando yo estaba a varias millas de distancia, salvando mi propia piel de la garra marina, según conté. No lo veo en el castillo de popa bajo su sombrero empenachado de plumas tropicales sino con los ojos saltones y desesperados de un ahogado que lucha contra lo ineluctable.

Tuve la mala suerte de que varios de los allegados de mi poderosa familia lo conociesen y me enrolase en su expedición haciendo así mis primeras armas en el arte de Indias.

Narváez había sido derrotado por Cortés en una escaramuza en la que el conquistador de México sólo había perdido dos hombres. No le quedó a Narváez más remedio que buscarse un México propio. Era tan tenaz que en poco tiempo consiguió montar una flota importante. Su México sería La Florida con sus secretas ciudades de oro. Él también vencería a un gran emperador, tendría sus malinches, aboliría ídolos demoníacos y sería recibido por el gran César Carlos I.

Pese a mi juventud y a mis escasos méritos militares, mis influencias me permitieron enrolarme como Tesorero y Alguacil Mayor, sería prácticamente el segundo en jerarquía.

Nos embarcamos el 17 de junio de 1527, y no anoto esta fecha en vano. Todavía no habían llegado las noticias de las atrocidades cometidas en Roma en el mes anterior. No podíamos saber que ya partíamos maldecidos por la voluntad de Dios.

Habían sido un mayo y un junio calientes. El más bello tiempo que pueda recordar en mi vida. Me graduaba de conquistador y mi exaltación no tenía límites. Días de amor dolorido, de sensualidad con mi gitana trianera que hasta había intentado disfrazarse de grumete y osado presentarse en los controles del muelle de la Contratación. Con su olor pegado a mi cuerpo yo llegaba hasta las naos para ocuparme del cargamento. Aquellos gritos de los cargadores, el rechinar de las poleas, el rítmico arre! arre! de los esclavos moros que jalaban las cuerdas subiendo las lingadas de bastimentos; es la música más bella que yo haya oído en mi larga vida. Es cuando la juventud levanta velas y se hace a la mar sin tiempo. Es cuando se parte de la rutina hacia el misterio.

Dos días antes de zarpar llegó el carretón tirado por bueyes con mis pertenencias de conquistador lujoso, más dispuesto a instalarse en el palacio de un Moctezuma que a conquistarlo a fuerza de espada y sufrimiento. Vi subir la lingada con la caja verde, florentina, con la flamante armadura regalada por mi madre y cuyo primer y único uso debe haberlo hecho algún gracioso delfín de la Florida. Mis paquetes de libros clásicos, los tomos salmantinos y la Biblia del abuelo Pedro de Vera el Terrible. Hasta las cajas enceradas con las cuartillas en blanco para mi crónica y para —seguramente— mi poema épico. El armario calafateado de mis trajes de gala tropical, inhumados en la penumbra y oliendo a abundante romero y azahar espolvoreado por las tías. Y mi tonel de aceitunas, los quesos curados con pimentón, mis vinos, las avellanas y nueces de la finca de Extremadura y hasta el paquete ridículamente rosado con las confituras y mermeladas preparadas por Petronila y sus moritas de Xerés, bajo el severísimo control de mi madre.

Cinco navíos y seiscientos hombres zarpamos en junio y sólo quedaríamos unos quince o veinte desnudos o harapientos después del último naufragio, el 5 de noviembre, que narré.

Habíamos descuidado los horóscopos, los astrólogos, los arúspices. Partimos con inocencia sin saber que la suerte del feo y tenaz Narváez era moneda de pago en compensación del escandaloso saqueo de Roma. Cúando nos despedíamos del olor de los jazmines y azahares de los jardines del Alcázar, en Roma se oía el fétido olor de la sangre y del humo de los incendios. Sólo mucho después supimos de la prisión del Santo Padre, de la lujuria y de las borracheras de los lansquenetes, mercenarios y de los dos mil españoles de tropa. Supimos que se abrieron las tumbas de santos y patriarcas y que hubo saqueo y profanación de reliquias. Se utilizaron los crucifijos y custodias como blanco para los arcabuceros. Se violó a las monjas y hasta se pretendió venderlas en montón a los traficantes moros de Argel.

Pienso y anoto secretas coincidencias. Uno de los jefes españoles participó en el saqueo. Fue don Pedro de Mendoza que me precedió como Adelantado en el Río de la Plata (pagando su expedición con su parte del robo). Fundó Buenos Aires, que tuvo mal destino. Y a mí me tocó sucederlo. ¿No estaba ya condenada mi empresa?

Antes de pasar a la Florida, cuando recalamos en Trinidad de Cuba con los dos navíos a mi cargo, me tocó perderlos como lugarteniente y jefe, de la forma más insólita que pudiera imaginarse. Allí llaman huracán a unas tormentas de tal demoníaca violencia que no se conocen en el Mediterráneo ni en el mar del Norte. Creo que fue allí que comprendí que aquellas tierras en las que queríamos repetir nuestro mundo, eran en realidad otro planeta, con leyes propias e incomparables. Antes de desencadenarse el caos celestial se había establecido un clima caliente y paradisíaco, de modo que no entendíamos a esos indios que abandonaban sus pertenencias y partían hacia las colinas interiores. Yo había quedado a bordo con los pilotos y por suerte la mayor parte de la gente había desembarcado.

Sobrevino un viento alucinante que afortunadamente me sorprendió también en tierra, porque había bajado para asistir a misa. Se hizo noche de día y el agua cayó a baldazos impulsada por este viento que transformaba las gotas en balas. Primero fueron las ramas y los techos de las chozas, después los mismos árboles y arbustos fueron arrancados de cuajo, las palmeras quedaron calvas, doblándose como juncos. Fue entonces, en esa obscuridad, que escuchamos las voces vivas de los demonios hablando y riendo salvajemente entre ellos. Eran legión. Bailaban en las ráfagas que levantaban hasta las piedras y caracolas de la costa. Escuchamos nítidamente una horrible orquesta de diablos que movía tamborinos, cascabeles, flautas y otros instrumentos como de catedral infernal. Yo y tres o cuatro más sobrevivimos por haber encontrado una cueva de piedra cerca del poblado. Desde allí, en el tenebroso amanecer, vimos desplomarse y caer la iglesia y las capillas. La torre se precipitó con un tañido de campanas muertas.

Esa América era tierra de furias. Fue mi primera experiencia. El aire olía como a azufre. Se respiraba en una humedad caliente y se jadeaba, porque era un aire viciado y enfermo como aliento de hiena. Después, extenuados de tanta amenaza y terror, creo que nos dormimos profundamente perdiendo noción del tiempo.

Cuando pudimos salir había un silencio siniestro. Nada quedaba del poblado. El mar había entrado en algunas partes hasta las colinas y había limpiado toda presencia humana. Una milla adentro encontramos una falúa de una de las naos que no había navegado sino volado hasta allí. Después los cuerpos irreconocibles de los pilotos y a un cuarto de legua de la bahía del silencio, vimos anclado entre los árboles de una colina mi propio navío, que había sido llevado en forma bastante cuidadosa, hay que decirlo, por los demonios, hasta ese lugar donde ya sólo podría zarpar en dirección al cielo y donde serviría como nido para pájaros en vez de peces.

Lucinda está tan asombrada que no me cree. Debo buscar en las páginas primeras de mi propio libro que ella tiene tan anotado para mostrarle que todo está allí ya dicho.

Lucinda me dijo algo así como una reflexión, en el sentido de que, a pesar de todo, ella preferiría esas aventuras y esos peligros al aburrimiento de que nunca pase nada. Y miró en torno a los libros de la biblioteca y al canónigo que pasaba hacia su seguro almuerzo de los viernes, con pescado y natillas.

REALMENTE NOS HABÍAMOS CAÍDO EN AMÉRICA. Éramos como indios entre los indios; tal nuestra pobreza, nuestra falta de imperio y poder. Curioso destino: haber llegado con voluntad e investidura de conquistador y enseguida haber caído en una posición inferior y más penosa que la del último conquistado.

Además, desde aquel terrible amanecer en la isla del Malhado, se puso en evidencia que sin los indios y sus artes eficaces y primitivas, no hubiésemos podido sobrevivir.

Nunca podría comprender un oficial del Consejo de Indias que, desde un punto de vista estrictamente natural, nosotros estábamos comparativamente disminuidos frente a ellos. Simplemente eran mejores animales de la tierra. Sabían encontrar tunas, olfatear bayas, atrapar peces cuando se tiene solamente las manos y preparar trampas para venados, que son tan desconfiados y huidizos.

—¿Pero qué pasó? ¿Qué fue de Vuesamercé y de sus compañeros?

Le explico entonces a Lucinda que cuando estábamos muriéndonos de frío en las playas del desastre final, nos vimos rodeados por los dakotas adornados con sus terribles figuras en negro y rojo, sus colores de guerra, y que en vez de matarnos, como tal vez hubiese ordenado

74

Narváez de encontrarse en la situación inversa, abandonaron sus armas en la playa, nos rodearon, se arrodillaron y empezaron a llorar a gritos para reclamar la atención de sus dioses en favor nuestro. Era un ritual de compasión, de conmiseración, tan sentido y desgarrante que Dorantes supuso que eran verdaderos cristianos. Dibujó una gran cruz en la arena de la playa pero el jefe la miró con indiferencia, sin dejar de clamar a los cielos. Lágrimas como de lluvia de verano corrían por sus rostros pintarrajeados. Nuestro dolor, nuestro desamparo, fue como absorbido por aquel gran gesto de pena ritual.

Traté de explicarle que este hecho, del que no tenía yo referencia que hubiese acontecido antes, pasó a tener una importancia decisiva en mi vida. Al menos en mi vida de "conquistador".

Era evidente que un diablo juguetón se había ensañado conmigo: los bárbaros —esos que mataban por centenas hombres como Narváez o Pizarro para establecer la verdadera fe— eran quienes lloraban por mi desamparo, condoliéndose de nuestra inhabilidad y desdicha. Nosotros, los dominadores del mundo desnudos y sin coraza ni espada, debíamos aprender de los salvajes a coger peces y raíces no venenosas.

¡El colmo fue que en ese mundo al revés de la isla del Malhado, fuimos nosotros, los civilizados, los que nos descalificamos a la categoría de verdaderos monstruos por causa de nuestro canibalismo! Ocurrió que un grupo de cinco náufragos de otra de las barcas que habíamos construido y botado en la bahía de los Caballos, se refugió en una choza en otra punta de la isla.

Se fueron devorando entre sí hasta que después de varias lunas quedó uno solo, seguramente el más astuto. Los dakotas lo descubrieron en la atroz cabaña, solo, gordo, rodeado de huesos y con tiras de carne salada con sal de mar previsoramente colgadas del techo. Los dakotas se horrorizaron y comunicaron la nueva de semejante escándalo incluso a las tribus enemigas, como si estuvieran ante una explosión de peste o ante un peligro de tal magnitud que los obligaba a aunar fuerzas. Eso fue muy malo para todos nosotros. Con ese hecho perdíamos predicamento ante gentes que habían estado dispuestas a creer en la divinidad de todo barbado que llegase por mar desde el Este.

No olvidaré el nombre de los caníbales sucesivamente devorados: López, Corral, Palacios y Gonzalo Ruiz. Esquivel después prepararía en tasajo a Sotomayor y, según confesó meses después llorando, había también devorado a dos frailes que habían dado por muertos en manos de los indios. Lo indignante de Esquivel sería tal vez que hasta había aumentado de peso. Recuerdo ahora, a la vuelta de tantos años y tantas cosas, su mirada resbaladiza, viscosa, intoxicado de tanta condición humana. Se instaló a vivir entre nosotros sin siquiera mucha culpa, como si más bien hubiera sido víctima de una mala jugada del destino. Trataba de pasar inadvertido.

Creo que los indios se asombraron de que nuestra justicia no lo hubiese condenado a muerte. Habían visto cómo ajusticiábamos a hombres por desertar o por robar bastimentos y les escandalizó nuestra pasividad ante Esquivel.

Supe que tiempo después, cuando ya nos habían separado en varios grupos, los indios lo mataron porque una mujer había tenido el sueño premonitorio en el que lo veía devorando golosamente a su niño. Lo entregaron a los feroces chacales.

NOS REPARTIERON YA MÁS COMO ESCLAVOS QUE COMO HOMBRES. Quedaba olvidada toda ilusión sobre la divinidad que nos habían atribuido. No éramos ni semidioses ni cuasi dioses. Éramos apenas humanoides indigentes, desconfiados y poco útiles para los trabajos de la intemperie.

Pero tuve suerte, fui adoptado por una familia de los que vivían en los montes interiores y que pronto partiría terminando su invernada en el Malhado. Fue el mismo cacique quien me estudió un poco, me miró profundamente a los ojos y sentenció que yo me quedaría con ellos. Retornarían hacia el norte, entrándose en tierra firme, hacia el país de las vacas gigantes y de los venados corredores.

Serían seis años de mi vida los que pasaría entre ellos.

—¡Seis años así como así! —exclamó Lucinda cuando me vio más bien dispuesto al silencio rápido con que había liquidado tanto tiempo en mis *Naufragios*. —¡Seis años! —Su sorpresa es inocente pero tan lógica como la manifestada por el desconfiado Fernández de Oviedo cuando vino a visitarme.

Releyéndome ahora, encuentro que mi silencio de seis años resuelto con página y media de mi libro, es lo suficientemente descarado y evidente como para que los estúpidos inquisidores de la Real Audiencia y del Consejo de Indias no sospechasen nada. A los tontos hay que sorprenderlos con lo absurdo, que es lo que más bien creen. Me reí de mi descaro: escribí que soporté seis años de esclavitud porque esperaba que se repusiese Lope de Oviedo, oficial de Narváez, de su enfermedad. Aparezco así como el más abnegado caballero cristiano. Ya había visto morir a 585 de los 600 hombres de Narváez. No era cosa de dar seis años de mala vida y de esclavitud con riesgo de muerte por un hombre que apenas conocía y que cuando inicié o proseguí mi viaje hacia el poniente, a contra-España, por así decirlo, prefirió quedarse con sus barraganas indias y ensayando sus conocimientos de labriego con esperanza de hacerse rico con frijoles. Nada de esto digo, por supuesto.

—¡Cómo quería Vuesamercé a su amigo! —exclama Lucinda y supongo que sin ironía, porque es muy joven e inocente.

Pero no puedo contarle lo que no comprendería ni podría aceptar. Sólo a mí mismo me puedo contar mi verdadera vida. Esas vidas de ese *otro* que siempre anda escabulléndose y disfrazándose como un gran delincuente buscado por todos los poderes y todas las buenas opiniones.

Y me place ahora encontrarme con ese otro de aquellos días, bajo el gran cielo despejado y desconocido. Aparece y hasta creo que imagino las exactas formas de su cuerpo. Se me acerca en estas largas noches calientes de Sevilla en la azotea donde lleno estas cuartillas a la luz del candil que me deja preparado doña Eufrosia "con la carga justa para que no dé olor ni queme la mecha".

Creo que pude haber escapado de los indios marames

y después de la familia de los chorrucos. Pero ni lo intenté. Una secreta voz me tentaba para seguir andando detrás del sol, en dirección opuesta a la de mi mundo.

—Tú vales. Tú puedes servir —me dijo el cacique en su lengua que ya empezaba yo a comprender con más detalle (esas lenguas de las diversas tribus apenas difieren una de otra. Con el tiempo aprendí a dominar unas seis, casi una por año...)

Eran un curioso pueblo. Estos hombres mantenían en todas sus conductas un firme desprecio y desconfianza por la condición humana. La mayor parte de las niñas recién nacidas eran dadas como alimento a los perros. La explicación era clara: no correspondiendo el incesto, que degenera la raza, las mujeres terminaban por ser desposadas y fecundadas por hombres de otras razas y tribus. En todo caso se reproducirían enemigos, seres hostiles.

Tenían el peor concepto de la mujer, en esto hay que elogiarlos, porque no diferían mucho de los españoles. Las destinaban a los más duros trabajos y sólo les permitían descansar unas seis horas por día. Creían que era imprudente dejarles mucho tiempo para sus infamias. En lo que hace a los viejos, los chorrucos se consideraban, no sin modestia, herederos de una sabiduría ancestral, según la cual lo conveniente era que muriesen lo antes posible. Sabían que todo hombre que llega a viejo ya está muerto de algún modo y que, si logró sobrevivir, es por sus dotes de maldad y no por su benignidad. No había ningún pecado de redundancia si se mataba prontamente a los viejos recargándolos de trabajo. Sólo podían comer en caso de que sobrase la comida destinada a los niños.

Estos americanos —desde Waldseemüller hay que

llamarlos así— no le concedían mucha importancia a comer ni a sobrevivir. Esto último más bien parecía cosa de mediocres. Un jefe guerrero o un gran sacerdote consideraba un honor no pasar los treinta años de vida (que ellos, por cierto, contaban de forma muy especial y retórica, pues no tienen una noción del tiempo y de la vejez que pueda compararse con la que tortura a los europeos).

Para ellos lo importante son las danzas sagradas, la fiesta, sus areitos interminablemente sensuales. Beben licor de raíces y de extrañas bayas y setas que les producen una ebriedad que se relaciona más con el rito y su fe que con la alegría simple de los borrachos catalanes o vascos.

Los niños que dejan sobrevivir (no son muchos), son adorados como verdaderos diosecitos. Les dedican todas las atenciones y privilegios hasta esa edad en que deberán asumir los dolores y la gloria de la hombredad y del coraje. Estas iniciaciones son muy duras. Los que aspiren a ser jefes guerreros deberán infligirse heridas de gravedad mortal y luego tendrán que saber curarse y reponerse por los propios medios, abandonados a la soledad de esos montes ásperos. Muchos mueren. Los que sobreviven, mandan.

En los buenos tiempos comen tiernos venados y vacas salvajes. En las malas épocas, sin queja ni comentario, se alimentan de lo que circunstancialmente pueda dar la tierra sin abundar en comentarios culinarios: huevos de hormigas, gusanos, lagartijas, culebras y hasta víboras de las especies más venenosas. Si cuadra, también comen madera blanda de cortezas rayadas, tierra de la negra y estiércol de venado. Cuando ni esto encuentran, usan una reserva de polvo de espinas de pescado y de huesos molidos que mantienen en tinajas enterradas. Mezclan esto con polvo de hojas y de cáscaras y con ello cuecen una especie de caldo muy nutritivo.

Son duros y espartanos en caso de guerra: durante la campaña los guerreros guardarán la propia mierda de cada día que ofrecerán los unos a los otros en caso necesario. Estuve seis años, como dije, entre estos hombres. Su fuerza consiste en asumir el universo tal cual es y sobrevivir sin que importen mucho los afectos, la calidad de los alimentos o las catástrofes de Dios o de los hombres. Es por esto que son fuertes, libres y todavía hoy, a varias décadas de tiempo, los evoco con cuidadoso respeto. Bailan siempre.

EL CACIQUE DULJÁN SE PROPONÍA DEVOLVERME AL COSMOS. Suponía que yo tenía extraordinarios poderes y conocimientos y entonces no podía comprender mi incapacidad física, mi melancolía, mi abstención de borrachera sagrada. Me pareció que estaba convencido de que yo estaba fuera del ritmo universal como un pez agonizando fuera del agua. Seguramente esto lo movía a cierta piedad activa, a un discreto paternalismo.

Pasadas las semanas empecé a estar seguro de que yo no era objeto de engorde para el sacrificio ritual. Hasta noté de parte del cacique cierto afecto. Seguramente al comienzo tuvo curiosidad por este ser llegado desde otro punto del universo y sobre los cuales se tenían, desde el mar de los Caribes, noticias muy contradictorias que oscilaban entre la creencia en un retorno de dioses barbados civilizadores —reencarnación de Quetzalcóatl— y una invasión de detestables y criminosos *tzizimines*, demonios enanos venidos del mar, capaces de todo crimen, acosados por una lujuria insaciable, entusiastas ladrones, guiados por un dios que había sido condenado a muerte, mediante la tortura de la cruz, por algún motivo muy poco claro o por entonces muy malentendido, ya que el mismo pueblo, según la leyenda que repetían los blancos barbados, había preferido dejar en libertad al ladrón, al asesino, y no a él.

Me parece que Dulján empezó a comprender después de minuciosas observaciones que físicamente yo cumplía más o menos las mismas funciones que él mismo y los suyos. Desde el punto de vista del dolor-placer y de conducta afectiva, yo no parecía ser extraordinariamente diferente. Al principio mi barba lo había desconcertado mucho ya que ellos son preferentemente lampiños. Un día no pudo resistir la tentación y le dio dos o tres tirones para saber si era o no agregada como esas barbas de utilería que usan los cómicos en sus representaciones. Sin embargo era en las uñas donde el cacique y sus asesores más se habían demorado. Estaban desconcertados por su debilidad, sobre todo en lo que hace a la de los pies, que ellos tienen fuertes y amarillas como colmillos de tigre. Mis uñas los maravillaban por su fragilidad. Para ellos serían como esas espadas de imitación que hoy se venden para nuevos ricos como el Fontán de Gómez, que luego dicen que pertenecieron a un inexistente abuelo guerrero. Eran uñas que no podrían sostener el cuerpo trepado en la corteza de un árbol, ni podrían rascar una baya dura hasta conseguir su polvo alimenticio. Además ellos no comprendían que no me gustasen los gusanos verdes aplastados sobre tortillas de hojas que cuecen sobre piedras calientes y prefiriese la tortilla en seco. Tampoco entendían que yo matase los cangrejos de mar y los pelase antes de comerlos. Ellos los masticaban vivos y hasta gozaban con la breve lucha de los animalitos dentro de la boca.

En cuanto a las cosas o costumbres afectivas creo que pronto se convencieron de que no había grandes diferencias en la forma en la que el mismo cacique Duljón y yo mirábamos a su sobrina mayor cuando se inclinaba para levantar la cesta de moras o de tunas.

Cedía yo a esa oscura tentación que nunca confesé, que más bien oculté cuidadosamente: aceptar mi situación, despojarme de todo lo que podría sintetizar con la palabra España.

Era la tentación como de huir de mí mismo. La tentación de todo niño de aventurarse más allá del cercado de la casa de su infancia, aunque corra el riesgo de la catástrofe.

Dulján y su tribu inició una larga y festiva marcha hacia los montes de los chorrucos. Yo era el extraño del grupo. Los niños corrían en bandadas a mi alrededor y gritaban y hacían morisquetas. No eran hostiles. Las mujeres que caminaban muy cargadas miraban con atención. Adelante iba la corte del cacique, con sus brujos, herbolarios y estrategas. Se acampaba cada dos días en lugares que parecían reconocer.

No era un nuevo mundo. Era otro mundo.

Yo veía en ellos a los hombres en el Origen. Ellos comprobaban en mí los peligros de un ser desbarrancado en la antinaturalidad. A veces Duljón venía con sus consejeros y chamanes y hablaban en voz queda, como quien hace comentarios de carácter científico, observándome como a una pieza de estudio.

En una de esas ocasiones, Duljón se separó de los suyos y me dijo con voz muy lenta para que yo entendiese bien sus palabras:

—Te hemos observado: no estás tan perdido. Estás más bien como entumecido, duro. Tu cuerpo como cuchillo olvidado bajo tierra. Ahora tienes que retornar porque si bien eres un dios o un casi-dios, has pagado mucho, estás degenerado... Estás como de espaldas... Te he observado: eres un hombre triste, no bailas. Cuando intentaste hacerlo con los tuyos, estábais muertos de miedo. Parecían muñecos de madera. Muñecos. Además tú no entras en nuestras bebidas sagradas ni en nuestro humo: te quedas afuera, sin perder la mirada como quien siempre está apuntando con su arco hacia su presa... Pero no estás del todo perdido y me gustará alguna mañana poder llamarte hijo, como a todos los míos. —Duljón me miraba con ojos muy firmes. Después se volvió hacia el magnífico paisaje serrano que anuncia el valle de los chorrucos y movió majestuosamente la mano cubriendo el horizonte que todavía hoy no olvido y dijo:

—No es posible que insistas. No es posible que te pierdas la vida entumecido, sin poder bailar tu espíritu por esas rocas y cañadas de agua cristalina. No es posible que ya no puedas entrar en este Palacio...

Mi vida al revés, siempre al revés: yo era Moctezuma, yo era el indio. Yo recibía el "requerimiento" para salvarme en la nueva fe. (Por suerte Dulján iba a demostrar ser mejor persona que el chanchero Pizarro, que asesinó a Atahualpa.)

Era un espléndido valle cerrado por montes no muy altos, cruzado por un río estrecho y nervioso, de aguas tan puras como las de Castalia. Allí pasaría gran parte de aquellos años disimulados.

En cada temporada levantaban nuevas chozas. Casi no conservaban nada de lo antiguo. Arman sus ranchos con cueros sostenidos por unas pértigas que siempre llevan consigo. Entierran los cueros de vacas salvajes antes de partir de invernada. También esconden enseres y utensilios, pero no las armas de guerra que no abandonan. De modo que en los primeros días de nuestra llegada al valle, mi trabajo consistió en cavar los lugares donde los brujos habían escondido ollas, hachas, cueros y piedras de cocinar.

Elegí un buen lugar para mi propia choza y la armé discretamente, casi con la libertad de un guerrero sin familia. La levanté cerca del río y me gustó dormirme escuchando el susurro del agua.

Mis trabajos de sobreviviente exigían continua astucia. Debía mantener cierto equilibrio político entre la simpatía que me demostraba el cacique y los celos y la sospecha que causaba mi extranjeridad en ciertos jefes y chamanes, sin descuidar el solapado rencor de las mujeres casadas que, como en todas partes, envidian y conspiran porque se aburren y son maltratadas.

Armadas las chozas, todos los hombres, incluso los pocos esclavos de la tribu quevene, construimos una represa o piletón, en la parte más profunda del río, para atrapar peces. Al atardecer juntábamos leña y hierbas frescas.

Yo me desgarraba con las espinas y los guijarros. Terminaba cada día despellejado, aliviándome en las aguas del río de Castalia (como yo lo bauticé, porque ellos no les ponen nombres a las cosas, pues más bien no quieren ni apropiárselas ni dominarlas para siempre). Por mi inhabilidad yo sentía que me consideraban un pobre mediocre. Esto no era lo peor que podía pasarme, pues no convenía destacarse por cualidades muy fuertes, ni ser una mera bestia de trabajo, que uno puede matar o sacrificar en cualquier momento.

Era evidente que, en comparación con esos hombres de la tierra, yo estaba casi incapacitado para sobrevivir a menos que me devolviesen al Paraíso Terrenal donde las frutas, incluso las manzanas de Eva, estaban al alcance de la mano. Pero lo que ellos no podían saber es que si bien era casi incapaz para valerme por mí mismo, en cambio conocía secretos para mejorar la vida.

Tenía que ser muy prudente. Debería ir deslizando los conocimientos de nuestra civilización sin mucha jactancia, más bien como si fueran descubrimientos de ellos mismos. No debía despertar la idea de que yo pudiese poseer poderes o conocimientos sobrenaturales. Aunque no son caníbales en el sentido alimenticio, como conté en relación al espanto que les causó la golosidad de Esquivel, ellos ejercitan una especie de canibalismo mágico o sagrado. A veces devoran ciertas partes de seres con cualidades destacadas. En el caso de guerreros muy notables, parece que comen los pies y las manos, pero cociéndolos de manera muy especial. Yo temí que pudieran decidir comerme para absorber esos descubrimientos de nuestra civilización. De alguna manera uno está siempre amenazado. Sea por la Inquisición, por los dominicos de España, por estos chamanes emplumados, o por el poder rencoroso de los alguaciles del emperador Carlos Quinto. El canibalismo debe de ser una enfermedad mundial.

Lo pensé bien y después decidí librarles el secreto del comercio. Me pareció lo mejor, me permitiría tener más tiempo para mí y viajar libre y solo hacia las tribus no del todo enemigas. Convencí a Duljan que podíamos mandar una carga de piedras porosas, de las que se encuentran en las estribaciones de la Sierra y que los quevenes utilizan para tallar sus ídolos. Eso se podría cambiar por las setas aromáticas que tanto quieren los chorrucos y por las fresas salvajes que los otros juntan en el bosque. A Duljan le pareció increíble que pudiera conseguirse esos dones maravillosos a cambio de unos cuantos guijarros. Aunque dudaba de lo que le parecía mi ingenuidad, me dejó intentarlo. (Históricamente muchas tribus marames habían invadido, causando muerte y destrucción en el valle chorruco, justamente para llevarse esas piedras porosas con las que allí sólo jugaban los niños, porque además tienen la cualidad de flotar.)

Después de muchas discusiones y conciliábulos por fin partí una mañana con una mochila de piel de ante cargada.

Enfilé hacia el país de los marames, en el lago Gaviota.

Después de cuatro maravillosas jornadas de soledad

sin miedo, ingresé sin mucha aprensión en el territorio marame. Los guardias me condujeron ante los jefes que me creyeron pura y simplemente un enviado del cielo. Se maravillaron de recibir lo que antes habían tenido que conquistar a punta de flecha y lanza. Me regalaron corazones salados de venado y se sorprendieron de mi humildad cuando les pedí que me llenaran la mochila de setas silvestres y de esa jalea de fresas que las viejas de la tribu preparan para los niños.

Me despidieron sonriendo y riendo. Sonriendo como a un ángel que viene del cielo y riendo de un tonto blanquiñoso y huesudo que cambia lo precioso por lo banal, y se siente encima contento.

TRATÉ DE EXPLICAR AL CACIQUE NUESTRA TEOLOGÍA. Traté de ser lo más discreto y displicente posible, tanteando sus reacciones. Porque nada despierta más los odios.

—¿Pero cuál es vuestro dios? Dices que creen en uno solo...

Expliqué como pude, que es uno pero que es tres, con el Hijo y el Espíritu Santo. Un ser que es padre e hijo a la vez.

Dulján se rió con benevolencia. Esto me desarmó, me hacía sentir como un delirante y desistí de mis propósitos de pedirle autorización para hablar de nuestra religión entre su gente. Sin embargo se interesó mucho en nuestra versión de los primeros hombres, los primeros padres, Adán y Eva. Hablé del pecado, de la expulsión (y clausura) del Paraíso Terrenal, de la condenación eterna de la especie humana, sólo redimible por el bautismo y la verdadera fe. Repetí muchas veces mis palabras pues no tenían equivalencia. El cacique escuchó más bien regocijado. Por la noche, junto al fuego, me llamó hacia donde estaba con algunos temibles chamanes y jefes guerreros y me dijo:

—Blanco venido del mar, cuéntanos esa historia de la mujer bella y del primer hombre. Lo de la víbora y la fruta roja...

Traté de repetir lo narrado pero me resultó muy difícil ante las miradas hurañas. Algunos se rieron con el cacique. Yo no alcanzaba a transmitir la gravedad bíblica. Hicieron preguntas irreverentes. No les parecía necesario ni verosímil que Cristo hubiese tenido que nacer de mujer virgen (y me pareció que hasta desconocían ese término). Atur, el jefe guerrero, se enfurecía preguntando sobre el pecado original. Creo que no entendió ninguna de mis palabras. Lo tomaba más bien como un insulto a su dignidad. ¿Por qué el hombre debe tener un castigo que no tienen el águila ni el tigre, animales no menos crueles?

El momento más crítico de esa larga y peligrosa noche fue cuando el gran brujo se levantó y gritó desde la horrorosa máscara de corteza pintada (nadie debe ver nunca su rostro, ni el cacique sabe quién es):

—¿Por qué el hombre tiene que ser hecho para señorear sobre las aves, y los peces y las bestias de la Tierra?

Yo no encontraba debidas respuestas. Era evidente que mi imprudencia pastoral había ido demasiado lejos y yo estaba desarmado de las sutilezas teológicas de un jesuita o de un doctor de Salamanca. Por suerte, omití toda referencia al sacramento de la comunión. Después del incidente de Esquivel habría caído muy mal.

Mi fe era algo claro y absoluto, indiscutible desde los días del primer catecismo. Había cometido un error al tratar de arriesgarla al duro y simple razonar de los bárbaros.

Por su parte el cacique, que con el tiempo me había tomado verdadero (y seguramente piadoso) afecto, se esforzaba en intentar devolverme al ritmo cósmico. Sus palabras eran muy complejas. Como tienen un lenguaje breve y casi salvaje, los más doctos —si esto puede decirse de ellos— abusan de metáforas poéticas que hay que descifrar, como ocurre con esos nuevos poetas que aparecen en Sevilla. A la vuelta de tantos años no podría hoy recordar exactamente las palabras de Dulján. El recuerdo deja un residuo esencial. No recordamos lo que nos dijeron, lo que nos pasó, sino más bien, lo que creemos que nos dijeron y que nos pasó.

—Saldremos juntos a la pradera —dijo el cacique—. Tú te has alejado.

Me pedía correr y hasta corría conmigo. Ellos corren rítmicamente, respirando de una forma serena y pareja, de modo que la carrera se torna movimiento normal, como el caminar.

—En el hombre está el pájaro, y la serpiente, y el águila y el pez. Tienes que olvidarte de tu peso de hombre y correr, correr livianamente, sintiendo el aire como el pájaro.

No era fácil. Dulján dictaminó que mis huesos estaban muy hundidos en la tierra y que sería difícil levantarlos.

Tiempo después me enseñó a correr los venados cortándoles el camino hacia su refugio. En poco tiempo aprendí a distinguir las hembras e incluso las preñadas. Ellos las respetan y sólo en caso muy extremo las atacarían. Ni el hambre de un mal año justificaría eso.

Llegó el día en que corrí hábilmente, administrando las fuerzas y logré lo que me hubiera parecido imposible: alcancé un venado y lo atrapé del cuello. Rodamos en una polvareda y recibí varias patadas del animal mientras a lo lejos veía al cacique que agitaba los brazos exultante. Yo no era ya un caso perdido para el cosmos.

Una noche, generosamente, me llevó hasta el medio del páramo donde se alzan los primeros roquedales de la sierra y que tienen la facultad de conservar el calor del sol hasta bien avanzada la noche. Me obligó a tenderme a su lado, cara a las estrellas, y a dejar caer la mirada en el espacio sideral. Al poco tiempo perdimos referencia al entorno. Era como si nosotros también girásemos en la lentitud de la noche. Dulján logró que la noche me llevase. Sin vértigos, fui cayendo en su seno oscuro, como un cometa libre. Fue ésa una experiencia inolvidable.

Aquella atención del cacique no mejoró mi difícil posición en la tribu. Los niños y las mujerotas horribles que los mandaban me gritaban "gallinazo desplumado" y se reían de mis piernas largas, huesudas y claras.

En esos meses aprendí a guiarme por los vientos y por la posición de las estrellas. Aprendí a distinguir las aguas y los pastos por su sabor. Entraba cada vez más en el desierto que va hacia el Camino de las Vacas y descubrí la vida que hay en él. Vencí repulsiones banales según las cuales la carne sangrante de un buey es un manjar, y no así los cangrejos de tierra, los huevos de hormigas rojas o las lombrices verdes de largos cuernos. Creo que comprendí que en la callada y disimulada vida de los seres del desierto podía encontrar también el sustento de mi propia vida.

Seguramente cuando me creyó más respetuoso de la naturaleza, Dulján me llevó con los hombres que saben hablar, y suelen tener corriente comunicación, con las plantas y los animales; y con aquellos capaces de intuir los ríos que corren dentro de la tierra seca y aparecen inesperadamente, a muchas jornadas de marcha, por el paisaje más árido. En la noche estos hombres se aplican a las peñas o quiebros de la tierra. Son capaces de comprender el casi inaudible susurro que denuncia el anhelo de esas corrientes secretas.

Uno de los chamanes hablaba con los pájaros. No había que acercarse mucho a él, sólo era posible observarlo de lejos. Por los pájaros lograba saber la suerte del tiempo —tan importante para la guerra y para la fertilidad de las plantas alimenticias. Tenía mucho prestigio, se sabía que mucho tiempo atrás había sido amigo de un águila real que le entregaba noticias de regiones muy remotas, hasta de pueblos desconocidos. Y hasta se dice que los chorrucos recordaron el secreto de las Siete Ciudades justamente por confidencia del águila.

En esos paseos, y cuando volvíamos fatigados y cubiertos de polvo de la orilla del desierto, Dulján sabía transformar en una verdadera fiesta el simple remojón en el agua de la cañada.

—Cierra los ojos, cierra los ojos —decía—. Siente ahora cómo la fatiga se va con las aguas, cómo te rodean las corrientes mínimas y se llevan tu fatiga como un terrón de polvo, disolviéndose...

Luego me pedía que, con los brazos abandonados en

la corriente, supiese enlazar mi sangre y mis latidos con la dulce carrera, casi imperceptible, del agua fresca.

En su generosidad no me exigió ninguna definición religiosa. Me explicó, con ceño de preocupación, que el Sol vivía una etapa de alarmante anemia y que no era extraño que volviese a ocurrir, como mucho tiempo atrás, "antes de los ancestros", que el Sol pudiese nuevamente morir cubriéndose nuevamente la Tierra de los hielos de la muerte. Esta era su mayor preocupación. De algún modo esta sospecha teñía de escepticismo y de cierta vaga melancolía toda su visión de la vida y del futuro.

—Esperemos, deseemos que nuestro padre Sol no muera. Pero hay signos: ya no se encuentran pájaros muertos en el mediodía de verano por atreverse a volar bajo sus rayos. Antes esto era lo común... Los grandes pueblos del Sur lo alimentan con sangre. Esperemos, deseemos que nuestro padre Sol no muera...

LA SOBRINA DE DULJÁN USABA UNA CAMISOLA DE ANTE. Era como otra delicada piel que se adhiriese a sus formas. Las niñas son las únicas que usan un breve vestido, porque las matronas andan completamente desnudas y continuamente se oye el batido de sus tetas cuando van y vienen refunfuñando o peleándose entre ellas.

Entramos en la temporada de tres meses de fiestas rituales antes de emigrar hacia la costa del Malhado. Los hombres vivían casi continuamente en un éxtasis de alcoholes sagrados y del humo que inhalan hasta perder los sentidos naturales y entrar en una especie de locura. Dicen que en esta situación realizan grandes vuelos, visitan el país de los muertos y hasta afirman acercarse a las regiones del dios misterioso. En este caso, si lograsen aproximarse debidamente, tienen la obligación de implorarle por la salud del Sol, el Dador de Vida en la Tierra, e informarle de su creciente anemia.

Mi posición no era la mejor durante estos ritos porque ni participaba ni podía mantenerme muy alejado, como un esclavo o un repulsivo infiel. Debía tener una presencia discreta. Por eso aprovechaba esas épocas para realizar los viajes comerciales.

Cuando regresé, con una exitosa carga de setas y de las preciadas conchas rojas, alcancé la última semana de los rituales.

Yo me quedaba echado cerca del fuego observando las danzas y los infinitos relatos de los poetas salvajes.

En la tercera noche el cacique Duljàn se levantó de su puesto y se dirigió hacia mí. Me alcé y me incliné para tocar tierra en señal de amistosa sumisión. Me dijo señalando a su sobrina:

—Es tuya. Eres probablemente hombre. Aunque ella es de mi familia, princesa, es tuya. He visto tu larga mirada. No eres ratón, es tuya...

Como los turquescos, estos hombres se manejan y deciden más por el lenguaje de las miradas y de los gestos que por las palabras, como nosotros. Agradecí el honor, turbado, descubierto en mis deseos. En la convivencia de la tribu todos los deseos e intenciones se van definiendo en silencio y al poco tiempo todos conocen los anhelos de todos.

A través de los leños y de los resplandores del fuego sentí las miradas hurañas de los jefes guerreros.

Acepté aunque aquello significaba un verdadero matrimonio y la traición de mi fe. Al decirme Dulján que yo no era ratón, prácticamente me obligaba a formar parte de la tribu. Los hombres-ratón son los plebeyos, no por sangre sino por desinterés vital, por mediocridad. Hay jefes guerreros y hasta chamanes que descienden a la jerarquía de ratón. En general prefieren matarlos mediante la lapidación colectiva para evitarles el sufrimiento moral de la degradación.

Ella se llamaba, en el lenguaje de los Han, Niña-Nube. Yo la rebauticé como Amaría y a ella le gustó mucho. Como tornamos ya hacia la costa por falta de cacería, levantamos nuestra choza en un punto muy apartado y muy hermoso, en una roca sobre el mar.

De acuerdo con las leyes del pueblo yo no debía aparecer, o al menos pasar con la cabeza baja, frente a la parentela de la moza, hasta que se produjesen los indicios evidentes de fecundación. En todo caso no podía acercarme a menos de la distancia de un tiro de ballesta.

Todo lo que yo pescaba o encontraba, algas buenas, berberechos, mejillones, ella debía llevarlo a la casa del cacique (no tenía padre, pues fue guerrero muerto en combate contra los quevenes) y de allí traía la comida para uno o dos días, a veces la misma que había llevado por la mañana.

Después de la larga noche de amor la veía caminar desnuda por la playa. Volvería sobre el mediodía con su carga. Esa imagen de ella en la playa debe de ser una de las más placenteras que me van quedando de la larga vida. Yo me dormía entonces exhausto, dentro de la manta de piel, hasta bien entrada la mañana.

Nosotros, los cristianos, más bien caemos sobre el otro cuerpo poseídos por el deseo, que es un perro rabioso. Más bien siempre violamos o robamos. Siempre asaltamos con la torpeza de Adán (allí está el origen), en forma nocturna, pecaminosa. Salvo las putas, nuestras mujeres se sienten pecadoras, incluso mediante el sacramento.

Amaría envolvió mi asalto con dulzura. Todo fue diferente. Ellos no ven nada malo en el cuerpo. No ocultan sus partes. Las acarician y les hablan con palabras dulces, susurradas. En su barbarie no pueden imaginar la presencia del pecado. Se demoran en una larga ciencia de los sentidos volcados a gozar la mayor sensualidad. Les interesa más el placer que la procreación, que en modo alguno atribuyen a la unión carnal.

No es que un cuerpo (normalmente el de la hembra) sirva al otro hasta la satisfacción. Ambos cuerpos ingresan demoradamente en la esfera de la sensualidad y se apoyan mutuamente sin ya existir macho o hembra. Es como un solo ser rodando por una pendiente de delicias.

En realidad rodábamos dentro de la manta de piel de marta que todo esposo debe preparar ritualmente. No hay nada más cálido ni acogedor, se pliega como una bolsa y ellos la llaman "el vientre del mundo-madre". Pasamos noches y parte de días dentro de ella, abrazados. (Cuando los otros náufragos, destinados en otras tribus, se enteraron de mi amancebamiento, me mandaron un manto de piel de marta, seguramente para burlarse de mí, que siempre había acusado esas cosas.

Anoté el incidente del manto de piel en mi libro de los *Naufragios*, y miento, claro, al decir que me habían regalado eso "al saberme enfermo").

Amaría tenía una gran ciencia del placer. Se ve que les hablan a las niñas de estas cosas. Las viejas las instruyen, o los niños las escuchan porque ellas parece que hablan todo el día de torpezas. Pero es más: no dan signo de tener ni temor ni vergüenza, les parece algo natural. Yo aprendí a hundirme dulcemente en ese conocimiento del placer y de los sentidos. Aprendí a gustar el sabor de su sexo como el de una fruta madura y renovadamente fresca. Me envolví en su piel y ella rodó por la mía descubriendo insospechables valles de placer.

Las horas se detuvieron. Veíamos entrar la mañana muy despacio, veíamos el día abriéndose muy lentamente, imperceptiblemente, como una flor salvaje y nueva. Nos bañábamos desnudos en el mar de los Caribes y nos tendíamos en la arena blanquísima como harina de la Mancha. Bebíamos la leche siempre fresca de los cocos, que Amaría sabía abrir de un solo buen golpe con el hacha de pedernal.

Comprendí entonces lo que realmente entendía el genovés aventurero cuando le comunicó a la Reina Isabel y al Santo Padre que había descubierto el Paraíso Terrenal.

Así, en el décimo mes nació mi hijo Amadís y en el siguiente año, Nube, que se consideró necesario dejar vivir. Un tercero nació en el cuarto año, pero nació muerto.

Debo anotar que cuando, tanto Amadís como Nube,

cumplieron su tercer día en este mundo, los tomé en secreto y los llevé hasta la cañada. Les mojé la crisma con agua fresca y les puse un poco de sal, bautizándolos en nombre de Nuestro Señor Jesucristo y la Santa Madre Iglesia.

¡POR FIN! POR FIN PUDE ESCRIBIRLO. Nunca me costaron más unas cuartillas que éstas. Las rompí varias veces y hasta las quemé en la azotea como los papeles de un criminal. Ayer, cuando subió doña Eufrosia para traerme el tazón de caldo, escondí con premura de perseguido las hojas escritas como si la vieja analfabeta hubiese podido entender mi escritura. Pero pasé el Rubicón: esas páginas quedarán. Tal vez me puse a escribir estas memorias no porque Lucinda me haya regalado la resma de papel, sino porque quería llegar a este punto y saber que alguien, alguna vez, al descubrir el manuscrito, me liberará de algún modo del tremendo peso de haber muerto sin confesar mi felicidad, mi amor por mi familia india: Amaría, Amadís, Nube... Los nombres de los seres ligados a mi carne, a aquella carne de aquellos años. Nombres en mi alma. Nombres de amor, al fin de cuentas.

Tengo más de sesenta y nunca me había atrevido a escribir lo de Amaría. Fue por orgullo. Orgullo de los de mi casta. El excesivo peso de la memoria de mi madre y de mi abuelo el Adelantado. ¿Cómo decirles de vida marital con una india? ¿Cómo decirlo sin mentir ni burlas, liviandad o falso justificativo de sensualidad? Lo callé para siempre. Y un poco más y hasta ordeno olvidarlo a mí mismo. Nunca fui libre como Cortés y tantos otros en esto. Me dicen que los pérfidos britanos y los holandeses tienen como la peor vergüenza confesar amores con indias y otras nativas. Son piratas y asesinos, pero tienen la delicadeza de no reconocer hijos de otra raza. En este mal sentido he sido más británico que buen español, esto es, cristiano. No he sido como Cortés, ni como Irala o Pizarro. Mi orgullo me jugó una mala pasada en esto...

El peso de ocultar lo que se ha querido, y los seres de las propias entrañas, es muy caro. Cuando terminé de redactar con la mayor sinceridad posible mi real vida entre los chorrucos y el casamiento con Amaría, dejé la pluma y caminé de una punta a otra de la azotea. Si pudiese haber un muezín en lo alto de la Giralda, me hubiera mandado apresar por loco. Hasta hablé solo y lancé al aire los nombres de Amadís y Nube, hasta grité, sí.

Sentí un profundo amor por las hojas de papel y por el tintero. Y si hubiese estado Lucinda la hubiese abrazado y besado.

Guardé mis papeles y bajé de la escalera casi a los saltos, como no debí haberlo hecho desde hace veinte años. Me vestí y me largué a la calle lleno de imágenes y de voces que me corrían por la cabeza y que deben haber dado a mi mirada un brillo inusitado. Nunca me pareció Sevilla más maravillosa. Fui hasta las costas del Guadalquivir y luego volví a los trancos, me tomé dos manzanillas en lo de Lucio y como siempre que algo se mueve dentro de mí, en profundo, enfilé mis pasos hacia el solar del palacio devastado de los Cabeza de

Vaca, el patio de las plantas de mi madre. La higuera, la palmera. Me trepé a una piedra, disimulado por la penumbra del atardecer, y miré hacia el patio que esta vez me pareció un poco más grande que otras veces, aunque nunca como en el recuerdo de mis lejanas travesuras de la siesta. Sentí agradecimiento. Era como un lugar sagrado, un templo secreto. Pensé que cada hombre debe tener lugares así, de incomunicable valor. El limonero me pareció menos debilitado por el ácido de los curtidores flamencos que compraron la casa.

Animado, sentí que no podía quedarme solo escuchando refunfuñar a doña Eufrosia por los precios de la feria cuya alza atribuye al desdichado descubrimiento de las Indias. Me encaminé hacia Sierpes, por la ribera de la Maestranza. Entonces recordé que era el mismo camino que habíamos hecho con mi madre y las esclavas moras, casi corriendo entre la gente, para ver pasar la fanfarria y el desfile de indios, papagayos, tucanes y tigrillos enjaulados, que presidía don Cristóbal Colón, al regreso de su viaje. Eso debió haber sido en 1493, era un domingo de Ramos y había entrado "esa brisa de África", como decía mi madre, que anunciaba ya el verano. Era muy niño, no recuerdo casi nada. En algún momento una de las moriscas me hizo trepar a sus espaldas para ver por encima de la multitud maravillada y vociferante. Creo que vi un pajarraco casi sin plumas atado de la pata a una cruz. Vi un palo cubierto de una lámina de metal, probablemente una máscara. La gente gritaba "¡Es oro! ¡Oro!". Y yo sólo vi como un latón más bien sucio que no refulgía ni brillaba. Era opaco, insignificante, pero gritaban señalándolo como si fuese la Macarena o la Custodia de la Catedral en la procesión del Rey. No vi nada. Sólo quedan retazos. Tal vez el olor de la mora sudada. "¡Cristóbal Colomo! ¡Colomo!", gritaban, y la gente contaba historias exaltadas, y mi madre que ordenaba la retirada hacia el sosiego de nuestra casona. Todos desilusionados. Desde el primer día. O falsamente ilusionados. Desde el primer día.

El haber contado la historia equivalía a haber inscripto mis hijos en "este mundo", en nuestra civilizada historia. Era como si yo hubiese estado enterrándolos y que recién ahora los dejase respirar, ser.

Recordé a Amadís corriendo por el prado del valle chorruco, su velocidad de gamo, su carita siempre sucia de barro y hasta la quemadura de su hombro cuando inexplicablemente sintió el impulso, casi antes de musitar palabra, de volcar la olla de las brujas, hecho que consideré una confirmación de su pertenencia y confirmación en la grey de Dios, nuestro Dios, y producto de la voluntad de nuestro Señor de aceptarlo como secreto cristiano. Y vi a Nube, berreando en los brazos de su madre cuando yo volvía del mar con mi pesca atada con juncos, y creo que extrañé el cuerpo tibio de Amaría, gimiendo de amor dentro de la piel de marta. Nosotros, sólo nosotros, somos los del pecado original. Ellos son los de la inocencia: no se avergüenzan del cuerpo, no necesitan la hoja de parra ni la oscuridad para evadir la mirada de Jehová. Hace doce siglos, desde que se convirtió el romano Constantino, nos hemos negado al cuerpo desnudo, salvo de putas.

Fueron hijos fuertes. Como dijo el cacique: "pueden correr con el gamo, junto al gamo y vencer al gamo si fuere necesario vencerlo". Hijos cuidados. Los chorrucos amamantan al niño a veces hasta los diez o doce años, casi cuando ya se les despiertan los sentidos.

Los amamantan las madres y si se les corta la leche hay unas mujeres tetudas que ellos mismos llaman en su lengua lo que equivaldría a vacas. Mujer-vaca, dicen. Y éstas casi no tienen otra ocupación. No pueden dedicarse más que a cuidar niños, coger setas y bailar en los meses de fiesta. Mueven sus tetas lechosas al son de los areitos.

Fueron Amadís y Nube, que merecieron vivir. Y yo me sentí como hombre de ellos, de ese mundo y no del cristiano, cuando tuve que matar a la segunda hembra. Anoté que nació muerta. Pero no: seguí el consejo del cacique y le ahorramos la vida, o nos ahorramos enemigos, porque según el número de las que habían nacido ese año, la niña tendría que haberse apareado con macho de los aguaces o quevenes. Enemigos.

No. No sentí nada en el estremecimiento breve de su ahogo en las aguas del río. Ya podía sentir que era devolverle al universo una parte que igual se tomaría.

(Esta última frase debe ser la más grave que debo haber escrito en mi vida. Pero tengo el gran alivio de ser sincero. De la verdadera confesión. El cura que me absolvió de este terrible secreto murió de peste en Tenochtitlán, días antes de mi retorno a España.)

En la casa Calvillo transcurría la mesa de los jueves por la noche, animada y ruidosa. Y esta vez me agregué sin evasividad, como descansado de mi propia solemnidad.

Bradomín, siempre el más rápido, descubrió mi íntima alegría de aquel día y me hizo alguna velada sugerencia referida al amor, con el debido respeto que debe. Achispado con el vino fresco volvió a contar la historia de la pérdida de su brazo durante sus supuestas aventuras por México, del que me hacía Gobernador. Perseguido por feroces olmecas se refugia en una caverna y allí una tigra recién parida le arranca el brazo creyendo que atacaría la cría.

Durante más de media hora todos escuchaban embelesados y hasta los servidores se demoraban en sus viajes a la gambuza.

Lo más fascinante de la mentira literaria es la facultad para acumular detalles. La historia termina siendo más interesante que la verdad. Al fin de cuentas no tengo ya a casi nadie en Sevilla. Estos amigos, los poetas, son los únicos que pueden hacer buenas migas con los guerreros y conquistadores aunque en tiempos activos se desprecien.

ERA NECESARIO AMANSAR LOS CELOS creados entre tantos jefes que ya me veían como un forastero peligroso. Dos veces las viejas matronas, que tienen mucho poder indirecto, de opinión, como los cortesanos de España, mandaron a los chicos a arrojarme terrones y bolas de estiércol de venado. Era muy mala señal. Muchos son sacrificados o arrojados a los chacales por haber sido vistos en los sueños de alguna mujer cometiendo un crimen. Imprudentemente aceptan la creencia de que el futuro se aparece en la imaginación de esas desgreñadas brujas.

Atur, el jefe guerrero, tampoco veía con simpatía mi

creciente influencia como consejero militar del cacique.

Se imponía entregar el secreto de la rueda o algún otro para consolidar mi posición. Pensé en algo práctico y factible, como la ballesta o la brújula. La rueda hubiese tenido el carácter de una verdadera revolución y sería muy adecuado para pueblos indeclinablemente nómades. Pero juzgué que alteraría demasiado aquella paz contemplativa con el ruido de los chirriantes ejes, otorgándoles a los chorrucos una supremacía que los alejaría de la tranquilidad del alma.

La ballesta tenía el inconveniente de agregar muerte, desequilibrando el juego de guerra en que están empeñadas esas tribus desde remotísimos tiempos. Entre ellos la guerra tiene algo de justa entre caballeros: hay muerte, pero no tanta muerte y encono como entre cristianos. La guerra sirve para que se distingan los mejores y el cuerpo no se enmohezca como una flecha enterrada. Ven en la guerra una fiesta.

Después de mucho pensarlo me decidí por algo útil, por mejorar el sistema de encendido del fuego. De modo que "inventé" el yesquero. En el cerro encontré piedra de chispa y pedernal. Los tallé. Armé un sostén de madera muy dura y por una caña ahuecada pasé lana de chivo trenzada y embebida en ese aceite de la tierra que emerge en la frontera de los quevenes.

Aquello fue recibido con exaltación. El objeto casi recibió veneración religiosa. Al principio se lo guardó en la cabaña de las armas, después se fue popularizando y cada matrona tuvo el suyo en su choza.

Mi situación mejoró considerablemente.

Después del nacimiento de Amadís, me afirmé como asesor militar de Dulján. Se temía un ataque de los quevenes, como en todas las temporadas, pero esta vez quizás alentados por el "secreto del fuego rápido".

El valle tenía un solo frente abierto a la llanura desértica que conduce a un casi mítico "camino de las vacas". Las otras partes están bien cerradas por una serranía en forma de herradura. Sólo era necesario fortificar los dos o tres pasos que siempre usaban los quevenes para caer sobre el poblado. Inventé defensas de piedras sostenidas por troncos, capaces de transformarse en verdaderas avalanchas si se tiraban unas pocas cuerdas.

Noté que les parece desleal estar muy defendidos. Algunos jefes guerreros protestaron. Era como si se desconfiase de su capacidad como combatientes. Una presunción de cobardía, tal vez. La eficacia es, como expliqué, un valor menor para un guerrero. No recuerdan a veces si sus héroes ganaron o perdieron la batalla. Sólo memoran y conmemoran el coraje, la gesta.

La temporada bélica está precedida de rituales muy complicados en lo que los poetas evocan guerreros y tradiciones de tipo patriótico. Los chamanes se concentran y convocan a los grandes jefes muertos. Su aparición es saludada con gritos de entusiasmo frenético y los soldados jóvenes, recién salidos de las pruebas de iniciación, corren nerviosos gritando alrededor del fuego para tratar de ver la formas de esos ídolos que surgen mezclados con el humo. Los chamanes pronuncian los nombres de los legendarios y se alzan voces de saludo de los jefes (vivos): "¡Tú, ser grandioso, ¿cómo estás?!" "¡Alegría de verte en todo tu poder!".

Los recién venidos son más bien silenciosos, cautos.

Es sabido, entre los chorrucos, que los que están vivos son apenas como niños que viven una especie de frívola aventura infantil. Para ellos la muerte es lo normal; surgir hacia la vida es una casualidad sin mayor importancia, como ser convocado a participar de una representación de algún teatro de cómicos de la legua.

En todo caso el aporte de mis conocimientos militares (o mejor: el simple uso de la astucia y de la perversidad natural de los que llevamos la piel blanca), fueron de buen uso, ya que los quevenes no pudieron recuperar sus esclavos.

Atur, el principal guerrero, concibió por mí un odio abierto. Yo le quité la posibilidad de transformarse en un héroe de los que visitarían para siempre la tribu desde el país de los muertos.

Pero un inesperado hecho me alivió de este enemigo que empezaba a enconarse.

Ocurrió que Atur se enamoró de uno de sus soldados. Esto es bastante común, como entre los aztecas, y no es mal visto ni condenado. Es sabido que aparte de los sacrificios sangrientos, es el pecado nefando la lacra que más odio causa entre los cristianos cuando juzgan a estos pueblos. Había en nuestra tribu muchos amariconados que viven y visten como mujer. Son putos, como empiezan a llamarse eufemísticamente entre ellos los de Sevilla, deformando la palabra *putti*, con que los italianos designan a esos angelitos semidesnudos que revolotean en los cuadros de sus pintores que comienzan a tener tanta fama en las cortes de toda Europa.

El matrimonio de Atur con el soldado le significaba

al jefe tener que abandonar su cargo militar y adoptar la dura posición de cualquier mujer de la tribu.

Una noche ese gigante hosco apareció vestido con una de las camisolas de piel de ante que usan las casaderas y el mismo cacique Duljián lo tomó de la mano y lo llevó hasta donde estaba el soldado. Después del ágape partieron hacia una choza apartada. A la mañana, muy temprano, veía partir a Atur con las matronas del poblado en busca de leña y raíces. Al relatar esto me acuerdo de una coplilla recitada en la fonda por Nalé, el poeta amigo de Bradomín:

> *"El amor si puro es*
> *no se fija en el dinero.*
> *Conozco un zapatero*
> *casado con un marqués. "*

Relaté en los *Naufragios* mi iniciación como brujo o curandero. Lo hice en forma muy oblicua y evasiva para no alentar el siempre bien dispuesto fuego inquisitorial. Y en realidad nunca había yo tenido semejantes inclinaciones ni pretensiones de brujo.

Pero fue Duljián quien me obligó a esas actividades. Me dijo:

—Tú estás lleno de poderes atados —e hizo con las manos un gesto como quien tiene un ovillo de pescador enredado. —Los poderes se te ven en la mirada y tú los tienes. Si los poderes no se desarrollan te puedes volver loco o asesino, mal hombre... Uno pasa a ser enviado de los demonios, de las fuerzas malas.

Duljián, ya instruyéndome, me dijo que un terapeuta o curador no debe hacer mucho por la vida de nadie, porque la vida no es un valor importante. Dijo que antes que nada hay que ver si el enfermo merece no morir, porque el supuesto bien de seguir con vida puede, en realidad, ser un mal para el mismo enfermo como para toda la tribu, como es evidente en el caso de los viejos, de las mujeres varias veces paridas y de los hombres-ratón.

Con mucha paciencia me enseñó los muchos tipos de piedras con facultades de atraer el mal y el dolor. Hay toda una ciencia para pasarlas por el cuerpo, no solamente en el lugar donde aparentemente está la enfermedad. Las piedras se van cargando de mal. Luego el brujo debe saber si se vuelven a descargar o si hay que enterrarlas pues son de mal agüero y de desdicha.

Un curandero lleva seis o siete de esas piedras en su morral. Según Duljan la que debe usarse es "la que despierta más brillo al aproximarla a los ojos del enfermo".

La forma general y normal de curar es con las manos. Hay que cerrar los ojos y pronunciar oraciones a los dioses y pasar las manos cerca del cuerpo enfermo. Un brujo avezado sentirá enseguida un muy leve cosquilleo en las palmas de sus manos. Es el cosquilleo del mal. Vibraciones. Muy raramente el mal es tan intenso como para dañar al curandero. Pero si esto pasa, hay que abandonar inmediatamente el enfermo a su destino.

Duljan entendió como perfectamente comprensible que yo usase oraciones en mi idioma. Eran el *Ave María* y el *Padre Nuestro*. Ese aprendizaje me iba a salvar y alimentar en los duros trabajos que me esperaban. Duljan me convenció de no negarme a curar. Y como narré en los *Naufragios* hasta fui capaz de resucitar a uno dado por muerto.

Me atreví a comentarle al cacique que entre los nuestros, los cristianos, esa actividad era considerada diabólica y que los que la ejercían eran dados a la hoguera. Se rió piadosamente y me explicó que el curandero, el brujo, no existe.

—Él no es nada. Él es sólo como un reflejo del agua. El poder que se tiene no es otro que el de reflejar el poder, la fuerza, del enfermo que trata de salvarse de la muerte. Tú no haces nada. Tus gentes son muy tontas. Me parece que no son más que gentes llenas de miedo...

Me recomendó algunas hierbas esenciales para curar. En el caso de grandes heridas usan el repulsivo fango maloliente de las lagunas y suelen salvar mucha gente. Cuando mi hijo Amadís volcó la olla de las brujas y se desolló el hombro, lo cubrieron con ese fango pese a mis gritos. Pero Amaría me tranquilizó, y tenía razón.

En esos años sólo tuvimos tres enfrentamientos de importancia: un ataque nuestro a los doguenes y batallas contra los mayeyes que están en expansión y consideran que deben extender e imponer su forma de vida y alguno de sus dioses locales.

Los mayeyes, aliados con algunos quevenes, alcanzaron a sitiar el pueblo, aislando a las mujeres en las chozas. Desviaron el canal de la quebrada. Habían logrado pasar la sierra, pese a nuestras sólidas defensas.

Durante tres días temimos una hecatombe de mujeres y de niños, pues si atacaban podrían hacerse con el poblado muy rápidamente aunque luego los venciéramos.

No tuve entonces más remedio que librar el secreto de la catapulta. En dos días logramos construir diez, usando los pinos de la ladera y flexibles tiras de cuero de venado.

Hice ensayar durante la noche y antes del amanecer hice emplazar las catapultas concentrando todas hacia un objetivo central: donde estaban acampados los jefes enemigos. Les cayó una terrible lluvia de cantos rodados. Los improvisados artilleros tardaban apenas en tensar nuevamente las catapultas y cargarlas de piedras.

Fue mi consagración. Pasé a ser un Aníbal de esos llanos y hubo una gran fiesta en la que me costó pasar inadvertido y no despertar el rencor de todos los jefes y de los mismos chamanes.

Intuía que estaba rozando mi perdición.

En el amanecer del segundo día de triunfo, Dulján me llevó con él para tres días de cacería de venado y de "cercanía de dioses" como dicen en su lengua pintoresca. Era un gran honor que sólo suele dedicarse al gran chamán o al jefe guerrero o a un gran cacique visitante.

Llegamos casi hasta el borde del camino de las vacas.

Temí que me ofreciera el cacicazgo, porque varias veces había anunciado sentir el aburrimiento de la vida y la inclinación por iniciar el peregrinaje de las Siete Ciudades. Esa distinción me hubiera sido fatal, ya que los caciques sólo tienen muy relativo poder y no pueden imponer mucho tiempo cosas importantes sin la anuencia de los jefes.

Por suerte no fue ésa su intención.

Más bien me instó a partir, con mucha pena.

—Ya nada puedo enseñarte aquí. Yo soy apenas un pequeño jefe del mundo llano, de la costa. Tú tienes muchos poderes y eres un hombre noble. Deberías iniciar el giro de las Siete Ciudades, de las cuales no-

110

sotros, hombres de pueblos muy menores, conocemos sólo los arrabales. Sólo las rutas que llevan a las primeras laderas. Sólo sabemos el nombre de tres de esas ciudades: Marata, Ahacus y Totonteac...

"Más allá están las alturas de los grandes fundadores. Allí podrás crecer...

Dulján habló de los hombres que conocían los secretos antiguos. Según dijo, es en las grandes montañas donde se conservan los secretos supremos de los pueblos. En esas montañas hay sólo acceso si uno es aceptado por los guardianes. Allí sólo habitan unos pájaros gigantes, los cóndores, capaces de levantar un venado con sus garras y perderse entre las nubes.

—Nosotros, los del llano, somos apenas hombres tuertos: sólo podemos ver la mitad del mundo, de sus secretos, aunque tengamos dos buenos ojos y buena puntería con el arco. Pero tú, blanco, debieras irte...

CANSANCIO POR LAS TARDES. Es alarmante y casi insuperable. Debo echarme en el catre como si hubiese caminado varias millas, a mis años. Nunca pensé que la exaltación de escribir estas notas pudiese gastar de tal modo. Visitar a punta de pluma mi pasado es un viaje tan cansador como cualquier otra jornada. Tal vez haya también un desgaste de la memoria y de las emociones. Me pasé un buen rato tironeando del olvido hasta que pude ir recomponiendo la cara flaca, broncínea, del cacique Dulján, con sus ojos muy negros y pequeños, su

111

nariz quebrada como pico de águila, la vincha apretándole la frente. Y también creo que logré reconstruir la clara y fresca cara de Amaría y la curva de las piernas de Amadís, que corre levantando polvo detrás de los zopilotes.

La debilidad debe estar también relacionada al hecho que ya van dos días seguidos que he perdido sangre. Lo atribuyo al descuido senil de doña Eufrosia, que cuando pica el resto de pollo para el salpicón, troza también pedacitos de huesos que terminan por herirme la tripa. Le llamé la atención y bajó la escalera a los gritos prometiendo dejarme.

Como mañana es un día negro, día de Auto de Fe, resolví ir caminando despacio hacia la biblioteca. Ni bien entré mi cansancio y mi laxitud se transformaron en ansiedad. Lucinda tenía la cara hinchada y negra. Apenas pude disminuir el temblor de mi voz. Me dijo que había tropezado y caído en el zaguán de su casa. Pero me resultó poco convincente.

Fui a mi mesa habitual y traté de concentrarme en la lectura. Mis manos temblaban sin poder estarse quietas entre las páginas del libro.

Aproveché cuando Lucinda salió para dar agua a los malvones de los canteros y me fui de muy mal humor, sin despedirme.

Fue una penosa caminata de retorno. Me arrojé en mi lecho con la mirada perdida en la azotea donde doña Eufrosia, con infinita paciencia, cepillaba mi traje negro de ceremonias.

El traje estaba colgado del cordel donde pone a secar la ropa lavada. Era un ente vacío, un pobre pelele con sus brazos sin voluntad. Con los reflejos del atardecer brillaba su terciopelo. Pese a todo había aguantado estos lustros mejor que mi piel.

El Auto de Fe había sido programado para la asunción del Rey Felipe II pero por diversas razones fue demorado. Desde hace diez días se estuvo convocando al pueblo con bandos y tambores llamando a la atroz fiesta. Se libera a los pecadores mediante el fuego de la hoguera, se celebra el triunfo de la Justicia, de la verdad obtenida con los tormentos de la Santa Inquisición.

Teníamos que reunirnos en el portal del palacio Arzobispal. Doña Eufrosia ayudó a vestirme. La chaqueta me sobraba por los cuatro costados. Se ve que pierdo peso y ese debe ser el motivo de la invencible fatiga de los atardeceres.

Estaba de alma tan caída por lo de Lucinda que me pareció que el traje —el pelele que ayer estaba oscilando en la cuerda— me ayudaba a ser, me sostenía en la apariencia. Me ayudaba a aparecer tal como esperaban de mí los letrados y curas. Arreglé como pude el penacho de plumas de mi sombrero; plumas de pájaros que volaron mucho.

Nos fuimos ubicando por estamentos, yo en el montón judicial, entre los mismos escribas y leguleyos que me hicieran tanto daño. Adelante iban los grandes embaucadores del Reino, los veedores, los de la Real Audiencia y un Capitán General de batallas dudosas.

Las palomas volaban asustadas y nadie las observaba. Atolondradas por el miedo revoloteaban como bandada de golondrinas jóvenes. Pero no era esa danza de amor de los pájaros, era más bien puro escándalo. Sin embargo no abandonaban Sevilla: en su vuelo no superaban el domo de la nueva Catedral, y desde allí torcían hacia

San Bernardo donde ya ardían los fuegos preparatorios. De allí retornaban para pasar sobre nosotros.

Las campanas de todas las iglesias llamaban a misa por los condenados. Era una babel de sonidos que caían sobre la ciudad como lluvia de cristales rotos.

Los tambores negros y los lamentos de las trompetas acompañaban la lenta marcha precedida por el imponente estandarte de la Inquisición: la cruz, la espada y el ramo de olivo (simbolizando más bien la tardía paz de los ya muertos).

La gente aplaudía a nuestro paso con sospechoso entusiasmo. Entusiasmo sobreactuado, como con el terror agazapado detrás del ¡viva! y la sonrisa obligatoria.

Desfilaban las congregaciones con sus trajes ceremoniales, seguidos por hileras de monjes encapuchados. Adelante, el Gran Inquisidor y los jueces del Santo Oficio, seguidos por sus torturadores y verdugos. Después las lacrimosas familias de los condenados, llevando cirios. Algunos de éstos fingían sonreír, esforzándose por festejar la extirpación del demonio y del mal aunque al precio de la vida del ser querido, otros sonreían heladamente —si esto puede anotarse así— para no dar sospechas de compasión que pudiese ser incriminada como complicidad o encubrimiento.

Un cardumen de rotosos gitanitos, mendigos, tullidos y hasta los leprosos de Punta Umbría que sólo pueden entrar en la ciudad en esta ocasión, seguían la fila gritando y haciendo muecas a los condenados. Éstos iban en la zona central de la procesión asistidos por los "familiares" que los preparaban para ingresar alegremente en la muerte, en la pureza de la expiación. Los condenados llevan un cirio tan amarillo como sus sanbenitos, que parecen camisones de leprosario. Lucen en el pecho la fatal cruz de San Andrés.

Tambores, gritos, letanías, campanas voladoras, cantores improvisados que desde las ventanas dirigen a los *morituri* infinitas saetas o seguidillas, a veces envidiando la próxima visita a la Virgen o a Nuestro Señor, a veces explicando que la muerte es mejor y más dulce que la vida.

Me di cuenta que ya estoy muy viejo y muy sabido y que las cosas que antes me parecían normales cosas de la fe, hoy me causaban un profundísimo desprecio. Sentí que Sevilla era una ciudad hipócrita, salvajemente superficial. En esa fiesta aparentemente de la fe y de la fe católica, se escondía el demonio de la intolerancia judía y la ferocidad mora.

Ocupamos nuestro lugar en un inmenso tablado presidido por la silla arzobispal. Allí se alzaba la cruz verde de la Inquisición. Los monjes se turnaron durante horas para leer el infinito papeleo de los procesos, algunos luciendo voz de tenorino, otros embraguetados como notarios de Dios. Al escucharse los apellidos de los condenados se alzaban llantos y plegarias. Entonces, los que no podían escuchar chistaban enfurecidos para que se hiciera silencio.

En el tablado, en la grada más alta, estaba la hilera de los condenados a muerte; allí seguramente corría el aire más fresco, para los de la hoguera. Observé una a una las caras de esos infelices. Me acerqué demasiado a sus almas y hubiera sido mejor no hacerlo porque como miembro (aunque honorífico) del Tribunal Supremo, de algún modo *yo también* los condenaba. Yo, el brujo de Malhado, tenía muchos más títulos para ser condenado que cualquiera de esos infelices, sin embargo me tocaba estar del lado de los jueces, de los custodios del orden. En ese tablado horrible, bajo la espléndida luz de Sevilla, sentí toda la ridiculez de nuestro mundo como en una súbita revelación. Yo había curado con piedras mágicas, con polvo de cola de serpiente, con soplos y oraciones, con talismanes, por imposición de manos. Yo visité los arrabales de las ciudades secretas que esplendecen de noche y desaparecen a la luz del día. Yo, Alvar Núñez Cabeza de Vaca, era allí el más culpable para los fuegos del gran Auto de Fe.

Observé el rostro de un pobre portugués judaizante. Lo habían condenado a veinte años de galeras. Estaría veinte años engrillado en una sentina y, sin embargo, por poder estar de este lado y evitar los momentos terribles de la hoguera, miraba al cielo y sonreía.

Muchos había allí que serían inocentes. Es sabido que corre la delación fundada en la envidia, el despecho o el rencor. Los del Santo Oficio lo saben, pero necesitan víctimas. Hay que aterrorizar para conservar la fe. Si el que muere es inocente y confesó por el dolor de los carbones y las calzas napolitanas llenas de aceite hirviente, poco importa. Las razones de la fe necesitan los caminos del demonio.

Había una moza desgreñada que lloraba convulsivamente y gritaba dentro del sanbenito. Estaba acusada de bruja y de haber tenido relaciones sensuales con un gato-demonio. Yo estoy seguro que era inocente y que la acusó algún poderoso a quien no quiso entregarse. Hay frecuentes casos en que la infamia busca la venganza de la justicia sagrada.

Hubo pocos reconciliados. Ocho eran los condenados al fuego. Sonó un clarín, como al iniciarse la fiesta de toros y la procesión se trasladó hacia el lado de la

Huerta del Rey donde se habían erigido las piras.

La exaltación de la gente, disfrazada de alegría, aumentó entonces en forma muy enfermiza. Algunos rompían la fila y se acercaban, pese a los palos de la guardia, para escupir a los condenados. Escupían su propio miedo. Olían muerte y aplaudían a los oficiales del Santo Oficio y a los siniestros encapuchados. Aterrorizados, en verdad.

Se encadenaron a las cruces verdes a sólo seis, porque dos de los condenados eran relajados y tenían el privilegio de ser ahorcados con el garrote vil antes de ser quemados.

La gente entonces hizo silencio escuchando el chisporroteo de las ramas y leños. Cuando las llamas empezaban a hacerse de los cuerpos, trataban de distinguir entre los gritos de horror la voz del demonio, que suele manifestarse en esos casos y hasta se despide con alguna indicación útil o regalando algún número que saldrá seguramente premiado.

No. Nada me une ya a mi pueblo ni a la ciudad de mi infancia (que es la misma, pero yo cambié). Me escabullí sin despedirme de ningún dignatario. No quería hablar ni mostrar mi ceño.

En Oaxaca, Cortés me había llevado a ver la ceremonia siniestra del sacrificio de los aztecas. Subimos por la escalinata ensangrentada de la pirámide. Vimos cómo se hundía el cuchillo de obsidiana en el pecho de un joven tlascalteca esclavizado. Vimos cómo el supremo sacerdote, adornado con brillantes costras de sangre en sus crenchas, arrancaba el joven corazón palpitante y lo ponía en el altarcillo de piedra del *chac-mool*.

Hoy sentía lo mismo.

No. Ya soy definitivamente otro. La vida, los años,

me fueron llevando lejos de mi pueblo. Ya ni su gracia, ni su odio, ni su hipócrita silencio, ni la alegría de sus macarenas, me pertenece. Soy otro.

Soy el que vio demasiado.

DURANTE EL HORROR INQUISITORIAL casi no había pensado más que en Lucinda. Volví a casa extenuado como uno de esos disolutos enmascarados que regresan de un baile veneciano. Pese a ello, seguí con mi ocurrencia: me despojé de mi traje de ceremonias y vestido como un pordiosero, con una gorra vieja que uso para podar la viña, me lancé a la calle casi corriendo hasta el convento de Santa Clara. Sabía que Lucinda estaría necesariamente ocupándose de la biblioteca porque el canónigo había pasado en la procesión.

Me aposté en un ángulo umbrío frente a la entrada, esperando el favor del crepúsculo, la hora de salida de la moza.

Me fue fácil seguirla. Mi indumentaria me transformaba en un viejo vagabundo sin pretensiones, normalmente soy más bien un viejo vagabundo con pretensiones, soy un *alguien* despechado por el mundo... Esto era más cómodo y nadie reparaba en mí, ni para bien ni para mal. Lucinda caminaba con paso rápido y yo ya no soy ágil. Alcanzó la calle larga de la costa enfilando hacia el puente de barcazas.

Fue allí que corrió hacia ella un sujeto que debía estar esperándola conociendo su itinerario. La tomó por la mantilla y desvergonzadamente le descubrió el rostro. Hubo una discusión que no pude oír debidamente. Traté de acercarme, pero mis rodillas no se sostenían: se doblaban como cera junto al fuego. El sujeto la abrazó. Lucinda trató de empujarlo y separarse. Yo corrí, pero me detuve cuando ella dejó que sus brazos se escurrieran por los hombros del mocetón abrazándolo y ofreciéndole sus labios con inconfundible ansiedad.

Mi corazón latía como un pájaro demasiado grande para ese costillar viejo y raquítico de mi pecho. Sentí que jadeaba y un peligroso mareo me hizo buscar la pared, como el toro herido con rejón de muerte.

Aquella era mi hoguera sin fiesta ni siniestros tambores. Mi Auto de Fe solitario y final.

Como pude, enfilé hacia Santa Cruz. Creo que alguien trató de ayudarme, como a un viejo menesteroso, en la escalinata del mesón de doña Elvira.

Un viejo. Un viejo terminal que no termina de terminar.

POR FIN ME DECIDÍ A VOLVER A LA TORRE DE FADRIQUE. Había estado casi quince días sin salir, escribiendo, que es hoy mi forma de vivir, de revivir y de encontrar a alguien por los senderos de las cuartillas desiertas.

Había comprendido que mi rencor no había sido más que una extraña reacción, digna de un viejo iluso que no se resigna a salir del "Palacio".

A pesar de esa fatiga que duplica el peso de mis

piernas, sentí el impulso de las calles de Sevilla. Es algo mágico, inesperado, que nos puede sorprender como una brisa fresca, un trino o la sonrisa de una doncella mora. Con los añares, Sevilla se transforma en todos nosotros en "alguien". Es mucho más que un lugar, una ciudad o una patria. Es una presencia fraterna, familiar. Y cuando ya no tenemos a nadie, ella, que siempre la tuvimos utilitariamente como un escenario o un mero lugar, se transforma en el otro, el amigo o la amiga de los días finales.

Esto pensaba cuando enseguida tuve que pasar a los insultos: enjambres de moscas y la calle de Capuchinos transformada en una atroz jamerdana donde las ratas y los cerdos errabundos se disputan el manjar de las heces humanas. Tuve que desviarme hacia la calle larga que va a Santa Clara para evitar la fetidez irrespirable. Quedó quebrado el encanto de mis consideraciones y caminé insultando a esa ciudad, hoy el *caput mundis*.

Lucinda me vio entrar sorprendida. Creí adivinar que adivinaba en mi ceño el ánimo que pudiese traer para con ella. Fingió arreglar algo en la mesa y luego levantó hacia mí su cara radiante.

—Necesito seguir viendo los mapas, Lucía, pasa que me olvido de los lugares por los que he pasado.

—Aquí los tiene Vuesamercé, tan preparados como siempre. Lo estaba esperando...

Tal vez fue por causa de su voz, pero sentí crecer en mi pecho una inusitada agitación. Respiraba mal, me costaba hacerlo. Faltó poco para que mis apergaminadas manos empezasen a sudar. Era incontrolable.

Era algo así como rencor o rabia senil. Algo semejante a los enojos y furias de los viejos locos internados:

—¡Te he visto como una perra prendida al cuello del

hombre que te golpeó! En la calle que va de la Mancebía hacia el lado de Triana. ¡Te seguí!

—Vuesamercé no es quién para seguirme ni para decirme nada. ¡Vuesamercé, téngase!

Creo que intenté abalanzarme hacia ella con el brazo tendido. Se corrió la mesa que nos separaba. Estalló en un llanto sonoro y corrió hacia el patio interior.

Creo que yo temblaba como un náufrago aterido (mi destino, al fin de cuentas). Mi corazón se preocupaba por sus golpes seguramente desacompasados. (Visto desde esta página y en esta azotea frecuentada por la furtiva elegancia de los gatos, aquello tiene algo de vergonzosamente teatral. Aunque era salvajemente honesto.)

Creo que con el codo barrí la mesa y tiré todos los libros y el tintero de bronce del canónigo. Por suerte creo que no había testigos.

Volví por las calles como quien asciende un calvario sin redención ni gloria. Me eché en el camastro agobiado, deseando ahora morirme de una vez por todas: la vergüenza de la incontinencia es peor que el dolor. El ridículo es el castigo del que pretende justificarse detrás de los sentimientos.

Y eso es lo que soy: un pobre viejo sentimental.

¡PERDÍ EL SUEÑO Y TODA FORMA DE PAZ DEL ALMA! Veía nacer el día, como un misterio; y escuchaba en la penumbra del cuarto su infinito morir, porque el día muere en los sonidos de la tarde que vigilaba y reconstituía desde mi camastro. Vocerío de niños jugando al gallo ciego, hasta que uno llora, los últimos martillazos del talabartero, la carreta con la mula del vendedor de agua que regresa costeando el murallón del Alcázar. Después el olor profundo del aceite de oliva con el que los judíos hacen sus fritos.

El alba, en cambio, es apenas un resplandor que necesita alimentarse de silencio. Se va filtrando por las ventanas, tiene algo de ladrón furtivo o de culpable que entra con miedo de ser descubierto. Cae una leche incierta entre las rendijas de la persiana. Avanza por debajo de la puerta. El día nace temerosamente, como quien llega anunciando desgracias.

Estuve tres días así, sin moverme de la cama. Con frío, pese al calor. Echado, aunque sin sueño. Viendo sucederse y envejecer vírgenes las tazas de gazpacho que doña Eufrosia renueva con protestas. Haga lo que uno hiciere, sea quien fuere, en la vejez se termina tratado como infante: con esa mezcla de amor, prepotencia e impaciencia que tanto nos irritara de niños. Ya nadie respetará nuestra libertad.

En el atardecer del cuarto día de postración escuché los aldabonazos en la calle de la Pimienta. Y luego el diálogo rápido pero afligido de dos mujeres. Mi corazón volvió a saltar (el pájaro sobresaltado iba de una costilla seca hasta la otra). Sabía que era Lucía, Lucinda. Seguramente la vieja metida se asustó y mandó alguno de sus mensajeros, generalmente algún morito o un tullido.

Seguramente prepararon algo en la cocina y por fin subieron la escalera. Traían pan, queso, un buen vaso de vino y un oloroso plato de sopa de verduras. Todo preparado con un cuidado que no era el de doña Eufrosia.

—Vuesamercé tiene visitas —dijo la vieja.

—¡Iba hacia lo de mi tío y se me ocurrió preguntar por Vuesamercé...! Me pareció que le será útil este mapa que hizo comprar el señor canónigo y que hicieron los cartógrafos de Leipzig. Toma toda La Florida y está anotado el nombre de ese caballero don Pánfilo de Narváez que Vuesamercé siempre nombra...

Lucinda, agregando detalles, me abreviaba la incomodidad de la verdad. Y la verdad era su piedad, seguramente su compasión. Nada hiere más cuando se esperan sentimientos de vida, de fuerza, hasta de lucha. Ella lo intuía y se manejaba con la habilidad para mentir con detalles, don que es connatural de la mujer.

—¡Vea qué tarde maravillosa, señor Adelantado! Venga que preparamos su mesa en la azotea. Corre un aire delicioso.

Prepararon en la azotea y me dieron tiempo para peinarme la barba y mis ralos pelos largos y canosos, como de pope. Se veía que había visto el tintero y los carpetones:

—¡Es verdad que don Alvar trabaja! ¡Esto me tranquiliza! ¡Es una suerte que no se pierda el relato de esas extraordinarias cosas que ha vivido y que sigue viviendo al escribirlas! —Lucinda hablaba ambiguamente hacia la ignorante de doña Eufrosia pero para que yo la oyese.

—¿Es verdad que te interesa?

—¿Cómo puede Vuesamercé preguntármelo? Todos conocemos los relatos de Conquista y las cartas de relación, pero lo que Vuesamercé me cuenta es muy distinto. Termina una teniendo una imagen muy distinta de las cosas...

Se despidió para no exigirme tener que acicalarme debidamente. Fingió urgencia en ir hasta la imprenta del tío y voló escaleras abajo.

Comí tranquilamente, frente a mi amiga la Giralda. Persistente, muda, mora. Y cuando doña Eufrosia retiró los tazones, me puse a escribir estas cuartillas, halagado e impulsado por lo que había hecho Lucinda, que ya estaría colgada del cuello moreno de su peligroso amigo.

TERCERA PARTE

EL CACIQUE CONSIDERÓ QUE YA ERA TIEMPO DE HACERME HUIR. Mi situación se tornaba insostenible. Los jefes guerreros y los brujos empezaban a creer que debían integrar definitivamente en su ser los dones extraordinarios que me atribuyeron. Estaban ya convencidos de la utilidad de devorar mis manos y mis pies y alguna otra parte, algún órgano que ellos seguramente habían precisado en sus conciliábulos secretos. Me querrían comulgar con unción y respeto (como hacemos nosotros cada domingo con Nuestro Señor encarnado). Sus almas se enriquecerán con el aporte de un ser transoceánico, tan digerible como cualquier otra bestia de la tierra.

Conjeturé que podría demorar un poco ese peligro con la entrega de un secreto espectacular, capaz de transformar la vida de toda la región. La rueda, o la pólvora (yo sabía dónde encontrar azufre, carbonilla y otros elementos minerales en tal cantidad como para provocar una buena explosión). Pero eso no había de conducir sino a entronizarme como rey de un reino que no era ni será nunca mío, donde en el mejor de los casos no habría sido más que un rey-impostor.

También pensé en la moneda, que evitaría los inconvenientes, las cargas, descargas y marchas del comercio de trueque. Pero siempre tuve una intuición del peligro de ese invento. Como si fuese algo demoníaco, peor que el fuego, el acero o la pólvora. Hasta tuve cierta repugnancia de tacto hacia las monedas (como observé que la tiene cierta gente rica y bien situada, de la nacida con casa grande...).

El tiempo obligaba a decidirme. Aproveché uno de mis periódicos viajes comerciales de la época estival y dejé mensajes a los pocos españoles sobrevivientes en las otras tribus, la mayoría de ellos con varios hijos y transformándose en guerreros simples o en meros peones de carga. Salvo el negro Estebanico que había sido adoptado como amuleto de la principal tribu de los quevenes (es moro, renegro y de línea tan elegante como la de esas estatuillas de ébano que se trafican en Orán), todos tuvieron un destino tan mediocre como el que les tocó, o habían demostrado tener, en España. Curioso hecho que merece reflexión.

Lope de Oviedo me hizo saber que prefería seguir entre los agaces. Vive allí más que amancebado, como reproductor melancólico, perdida toda fibra de hombredad, relajado en la sensualidad.

En cambio Palacios y Dorantes recibieron mi mensaje con buena disposición para la aventura. Esto me sorprendió, porque yo fui claro. No les propuse ir en dirección a Cuba y España sino hacia el Poniente, a contra-España, digamos. Estebanico se nos agregaría, como dije, por simple espíritu de juego y de riesgo. España no es para él algo que pueda connotar alguna nostalgia.

Dorantes y Palacios tenían ambiciones: habían oído hablar de las Siete Ciudades y del Quivira y creían en edificios de oro (suponían edificios desarmables, que podrían vender pronto en forma de lingotes).

Les hice saber que debíamos esperar a reunirnos en la próxima migración de verano y en todo caso, si se resolvían, partir desde la costa hacia el Poniente...

DULJÁN INICIÓ LA TEMPORADA DE CACERÍA y me hizo acompañarlo hasta donde se inicie "el camino de las vacas". Su propósito era desorientar a los jefes que pudieran salir en mi persecución, porque mi ruta sería la opuesta: el rumbo del maíz, camino que me conduciría, según Dulján, hacia la proximidad del "mundo de arriba".

—En las planicies de las vacas te encontrarían siempre —me dijo el cacique— pero en el otro camino te protegerán los pantanales de los grandes ríos. Aunque allí tus enemigos serán los caimanes. Son mucho más poderosos que el hombre y conocen todos nuestros engaños y debilidades. Son intratables: nunca respondieron a las preguntas de los brujos. Lloran falsamente, como mujeres. Prefieren el fango, comen carroña o deliciosos peces frescos; esto los torna muy independientes. Odian mucho, se han quedado como sobrando. Son de otro Sol, de otro tiempo de la Tierra. No han sido todavía redimidos de la cadena de la vida...

Caminamos tres jornadas por el desierto del norte. El cacique llevaba su comitiva de jefes guerreros y esclavos de varias tribus.

Alcanzamos el punto donde anualmente aparecen esos enormes animales velludos, los cibolos, de cuernos cortos y curvos. Pasan por millares en fechas más o menos precisas, cuyas variaciones los brujos conocen. Son más grandes que los toros de España, pero no tan feroces.

Los baquianos se echan oreja contra la tierra y son capaces de escuchar la proximidad de la manada cuando aún se encuentra a varias leguas de distancia.

Al cuarto día hicieron la señal. Seguramente por la noche o en el amanecer siguiente ya habrían llegado. No se sabe qué los trae tan hacia el sur. No buscan el mar. Tengo para mí que les placen las praderas de pastos tiernos de ese río que llaman Mississippi. Pero, según Duljián, se mueven según extrañas leyes de amor. Por eso galopan como furiosos, con los ojillos rojos como ascuas encendidas. Por amor. Seguramente ese amor mueve el sol y las estrellas, del que habla Dante (que Duljián, claro, no leyó).

Duljián dijo que cinco jefes jóvenes se mezclarían en la manada y tratarían de alancear a algunos de los grandes. Eso equivale a una consagración. A veces uno logra prenderse de la cuerna y voltearlo a mano. Si lo consigue, aunque muera aplastado por los otros, tendrá su lugar definitivo entre los héroes del pueblo. En esto hay algo de nuestro toreo, que además, dicen, viene de Grecia y Chipre, de un misterioso y lejano origen.

Hablamos gran parte de la noche con Duljián, junto al fuego. Me dijo:

—Antes de partir será bueno que hagas alguna de las experiencias de nuestros guerreros. Te será útil para tu viaje. Tu cuerpo está olvidado de muchas cosas...

Estábamos en un roquedal alto y allí prepararon su tienda. Tendieron un lecho de pieles de vaca para que Duljián pudiera echarse cómodamente y fumar sus hierbas embriagadoras para "entrar en el Palacio del Cielo", como dicen en su lengua pintoresca y que costaría mucho traducir literalmente.

Me habló con una voz muy sosegada. Comprendí que

había decidido aquel viaje para expresar su preocupación.

—Blanco, ya sabemos que ustedes no son los dioses. No son mejores. Creíamos que erais los esperados, los venidos del mar. Pues así lo pensaron los hombres de gran saber, incluso los ilustres de Tenochtitlán. Fue un desengaño muy triste. Creíamos que traíais las nuevas fundaciones, el nuevo Sol... Sabemos que vosotros también sois sólo una prueba, hombres de paja, como nosotros, apenas muñecos, aunque a vosotros falta aún mucho tiempo para saberlo... Tenéis la fuerza, todavía, de los que se creen Verdaderos. Vosotros y nosotros: apenas muñecos, apenas una prueba del Dador de la Vida. Apenas los ancestros del Verdadero, pobres abuelos del hombre que surgirá en otro Sol. Renacuajos apenas, de esos que en la laguna anuncian la aparición de los verdaderos peces.

Monologaba el cacique con la cabeza dirigida hacia el cielo, aspirando lentamente su charuto de hojas. El estrellerío de la noche era muy impresionante.

—Ya sabemos de vosotros, blanco. Pasaron muchas lunas y muchos cielos desde que los primeros de los vuestros llegaran a las islas en sus palacios flotantes. Y de la entrada en Tenochtitlán sabemos...

Fue duro escucharlo. Los emisarios de las tribus cercanas que habían llegado hasta México o bogado de isla en isla, habían hecho lamentable relación de los hechos que hoy conocemos. Como en una fatal elegía o como un recitador de letanías de muerte, Dulján enumeró agravios:

—Habéis calafateado vuestras barcas con la carne y la piel de nuestros hombres. Humillasteis al padre ante el hijo. Los dueños de la tierra se vieron esclavos y reducidos al trabajo de las bestias, buscando dignamente morir lo antes posible. Tú sabes que familias enteras, pueblos enteros, se encierran en sus chozas y las inundan de humo para morir abrazados. Tú sabes que vuestros mastines están enseñados para devorar nuestros hijos. Y predicáis, blanco, un dios de bondad y de perdón que se dejó amarrar a una cruz para dar ejemplo. Negáis vuestro propio dios, blanco, y esto es muy escandaloso. Avasalláis los hombres, los árboles, los bosques. No respetáis las hembras fecundadas. A vuestras propias plantas les imponéis el rigor de la esclavitud, siempre en tristes filas, no como las dispuso milagrosamente el señor Dador de la Vida... Blanco, sabemos que desaparecemos, como decían las profecías, pero sabemos que vosotros no sois los dioses, es una pena... Ahora seremos viento en el viento. Nos habéis aliviado de la ilusión, ahora nos podemos ir porque este Sol ya no se encenderá ni con la sangre de todos los hombres y animales de la Tierra... Ahora sabemos que os buscáis a vosotros mismos en cada puñalada que nos dais. Sabemos que no veníais traídos por vuestro dios, sino más bien huyendo de vuestros propios demonios...

AL AMANECER SE OYÓ UN RUMOR PROFUNDO, como si surgiese de las entrañas de la Tierra. Vimos en el horizonte una gran nube de polvo. Era el río de los animales, el torrente de salvajes cibolos, la descomunal torada.

Aquellos guerreros, parados en las piedras miraban con silencio religioso ese espectáculo de fragor y poder naciendo del desierto. Duljan cree saber que se mueven siguiendo el rumbo de las estrellas. Siempre pasan por el mismo sitio dejando su estela profunda de bosta y de pezuñas que escarban la tierra árida como un cauce reseco. También dice Duljan que la manada conoce o intuye las corrientes secretas que corren bajo la tierra y que saben alcanzar los lugares donde ellas emergen. Allí inician las bestias jefes y los machos ambiciosos sus feroces combates por el poder y por las hembras. Establecen sus nuevas jerarquías, renuevan su gobierno. Eligen los mejores: los que mejor saben del camino de las estrellas y de las zonas donde es posible la vida.

Nos vimos envueltos en el polvo de tal modo que la mañana se hizo crepúsculo nocturno. Bramidos, el sordo retumbar de miles de cascos. Bramidos y el olor profundo de una bestia única y gigantesca, un dragón múltiple, de infinitas cabezas. Nos cubrimos la cara con las manos, para filtrar el polvo. Si intentaba hablar, sentía mi voz temblar en el pecho, sacudida.

Fue entonces que los jóvenes guerreros, enardecidos, intentaron las suertes del coraje. Se acercaron al río de toros, algunos con insólita temeridad, y arrojaron sus lanzas de madera quemada, preparados con esmero. Uno quiso prenderse de una cornamenta: resistió un tiempo hasta que cayó bajo la miríada de pezuñas. Fue despedazado y desapareció en la tierra arada por la bárbara manada. Casi no quedaron rastros del más valiente.

Protegidas por los guerreros y un poco más alejadas, pasaron las hembras y luego las crías. Al final los más viejos, en sus laboriosos esfuerzos para alcanzar por última vez un último verano.

YO DEBERÍA SEGUIR EL LARGO RUMBO DEL MAÍZ. El Cacique marcó con una vara dos arcos opuestos sobre el suelo polvoriento. El que señalaba el camino del maíz se curvaba hacia el sur y hacia la costa del otro mar infinito, luego entraba hacia la tierra de los mexicas y las altas cumbres, las "Cumbres misteriosas", como decía Dulján. Montañas en altura inimaginable, "desde donde descienden los Fundadores cuando se nubla el Sol".

Durante todo el siguiente día los guerreros y los esclavos estuvieron recogiendo el excremento de los cibolos. Por la noche un grupo de ellos regresó con un enorme toro descuartizado. Había sido herido de un lanzazo y fue agonizando hasta caer a dos leguas de nuestro campamento. Habían recogido la sangre en los intestinos del animal abatido, y hubo un brindis general cuyo sentido ritual me era ajeno. La imponente cabeza del toro quedó en medio de las tiendas del improvisado campamento con toda la autoridad de un dios. Trajeron como homenaje al cacique los párpados cortados de la bestia. La grasa de los ojos, así cruda pero todavía con la tibieza del cuerpo, es considerado el supremo manjar. Dulján no tuvo otra ocurrencia que convidarme y no pude negarme. La repulsión es más imaginativa que de paladar. Pensé que había comido hormigas y gusanos puestos como jalea sobre corteza de pino joven y aquello que tragaba no me pareció lo peor. Recuperé el gusto con el maravilloso asado que se hizo por la noche con la carne del toro gigante. Era realmente delicioso y me hizo recordar los mejores mesones de la lejanísima Andalucía. También el estómago sabe levantar nostalgias y melancolías.

El Cacique seleccionó unos pocos hombres y partimos hacia otro punto de aquel desierto.

—Tienes que hacer una experiencia que desde jóvenes hacen todos nuestros guerreros. Sin ella no podrías alcanzar el camino del maíz ni el portal de las Ciudades Sagradas.

Llamó a aquello algo así como "experiencia de la Tierra sustentadora".

Armaron un campamento y me hizo internar en el desierto durante una entera jornada acompañado por dos de sus baquianos.

—¡Tienes que saber para siempre que no hay nada que debas temer de parte de la Tierra! Que tú mismo eres Tierra. Aunque tú pareces como caído de ella, o como si te hubiesen echado de ella los tuyos, los mismos que te enseñaron a vivir. Pero puedes volver, debes volver... —dijo Duljàn al despedirme.

Los brujos y baquianos, que no hablaban palabra, como cartujos, me señalaban los lugares donde había alguna raíz no tan reseca o restos de animales. Con dos piedras y agua se preparaba un menjunje alimenticio y tuve que aprender lo más difícil, tragarlo. Me hicieron raspar la tierra para distinguir los terrones más nutritivos, si esto cabe. Si se mira bien, un simple puñado de tierra tiene muchas diferencias y posibles usos. Durante el primero y segundo día sufrí cólicos por alimentarme de "la tierra portadora", después me acostumbré al espartano manjar. Había dicho Dulján:

—Tienes que aguantar, blanco. La tierra te va dejando su sustancia al pasar por tu cuerpo. Tus venas se alimentan y la sangre cobra fuerza como con cualquier otro alimento. Así se aprende a no temer más el hambre. Para siempre...

Con dos piedras, aprendí a reducir a polvo raíces secas y pieles de iguana resecas como suelas. El brujo me enseñó a sorprender y atrapar las serpientes; a sacarle el veneno haciéndole morder un borde de piedra y luego a beber su humedad y su sangre y comer después la carne blanca que, en algunas especies, es tan sabrosa como la de los camarones o la de los pollos bien criados.

Creo que comprendí la ciencia de San Antonio en el desierto: gozar la pasta de las orugas, chupar las patas del alacrán como si fuesen las de nuestros mariscos. Me hice ducho para urgar en pos del agua y extraerla de los troncos y frutos de tunas y otros cactos salvajes. Esto no es lo más fácil. Los brujos sabrían extraer agua o humedad hasta de las piedras o de los libros de la biblioteca de teología del convento de Santa Clara.

Realmente creo que mi entrenamiento fue muy válido. Si uno alcanza a aguantar lo peor y lo repugnante, es difícil no sobrevivir en las más adversas condiciones.

Cuando volvimos abracé a Amaría y a los niños. Tuve la triste sensación de que ya había comenzado un fin que nada podía cambiar. Yo no podía llevarlos en mi destino, sacrificarlos introduciéndolos en una España que los considera más como animales curiosos que como humanos.

Eran seres de la tierra. Amaría parió sus hijos como los pare el ante o la ceiba cuando larga su fruto. No le enseñé palabra alguna en español, porque el idioma, el conocimiento, pervierten. Durante aquellos años el silencio y el gesto nos comunicaron mucho más que las palabras. Y ella pudo seguir siendo ella misma, de su pueblo.

Los chorrucos evitan a toda hembra de su raza el peligro del conocimiento teórico. En esto son muy parecidos a los montañeses gallegos y a los atroces aragoneses.

Los niños, Amadís y Nube, corrían por el llano levantando polvo, a una velocidad increíble, junto con los más pequeños de la tribu. Pasan los días mezclados por edades. Más o menos como en España, juegan a las cosas que los grandes juegan tomándolas por serias: son guerreros y se pintarrajean con barro, o son madres y mecen una muñeca de ramas, o son brujos y se asustan entre ellos.

Los educan para despreciar a los viejos: les arrojan terrones o estiércol de venado. Lejos de ayudarlos con sus cargas, los empujan hasta hacerlos caer malamente bajo el hato de esa leña que deben transportar desde el amanecer. Entienden esto como una forma de piedad que inculcan a sus niños: tratar de beneficiar a los viejos con la muerte y, a la vez, de aliviar lo antes posible a la comunidad de la carga y la tristeza de todo cuerpo que pasó los treinta o treinta y cinco años de vida.

Por cierto yo no podía llevar a Amaría y a los niños en mi aventura. No se los puede sacar de su tierra, de sus paisajes ni de sus dioses. La familia no es entre ellos tan importante como para renunciar a las vinculaciones y obligaciones esenciales de su comunidad. No podía imponer mi comodidad de afectos ni mi egoísmo. En ningún caso podía pretender llevarme mis hijos, porque entre los chorrucos la tribu se sobrepone de lejos al derecho que puedan creer tener los padres. Recuerdo que medité durante muchos días estas circunstancias y confieso que no me costaba mucho entender las razones de los chorrucos en lo que hace a organización de la vida. No me pareció que fuese ni superior ni inferior a la nuestra. Las mujeres no sufren por la lejanía de los hombres o por su muerte. Más bien están acostumbradas a lamentar su mediocridad: que no quieran ser héroes o adquirir el conocimiento de los magos y que prefieran vegetar en las chozas como labriegos, cazadores o soldados sin mucha valentía. A veces, cuando hay razones fundadas, estos maridos-zánganos son eliminados, generalmente mediante envenenamiento de pócimas que preparan las matronas bajo autorización directa del cacique.

Amaría, emparentada con el cacique y con dos hijos, podría pretender casarse con algún jefe, o con varios, o habitar en las chozas de las matronas que eligen sus hombres por temporadas y prefieren vivir sin la pesada y generalmente violenta presencia de lo masculino. Traté de convencerme, de aliviar el adiós. Pero a veces la verdad no convence ni puede superar la Culpa, que siempre vence o convence, por lo menos a nosotros, los hombres del mundo superior.

En un amanecer tibio y rosado por el caliente sol del verano confié a Amaría que debía partir. Había en su mirada una dulzura infantil y alegre. Me señaló el mar, las olas que una y otra vez rompían en la playa; luego señaló el cielo y su brazo describió un amplio y lento arco omnicomprensivo. Después se sonrió y se zambulló para nadar con los niños.

Reviví el sentimiento de la alegría de partir, otra vez, hacia lo desconocido. Exultación. Temor y llamado de lo ignoto, lo nuevo. Esas tierras que avanzaban hacia el infinito oeste, en un continente que el genovés Colón, hasta morir, creyó que eran las Indias. ¿Qué nos esperaba? (Creo que era una apuesta, como en una mesa de juego. Pero perder podía costar la vida. Esa era la diferencia. Y tal vez, mientras anoto esto, pienso que no fuimos otra cosa que una generación de terribles jugadores.)

Había pasado casi seis años en el mundo nuevo de una tribu modesta de los llanos. Años que se escurrieron como agua de mar entre los dedos. (No mentí demasiado en mis *Naufragios* cuando reduje todo a un par de carillas: ¿Cómo explicar los contenidos de un mundo que no se comprende? O se desprecia o se comprende, y ninguna de esas dimensiones me habían afectado todavía.)

Dejaba una familia en estado salvaje, una familia no cristiana. La familia del cuerpo y de los sentidos. Me desprendía de una etapa y me echaba por inciertos caminos. Había estado años al lado de Amaría. Había engendrado en su vientre. Pero nunca la sentí esposa a nuestra manera. Fui tan despreciativo como un britano, o tal vez aquello sucedió así porque seguía alentando en mí el demonio de la libertad. La voluntad de enfrentar solo y sin España ni Cristo ni nadie, los espacios abiertos de ese mundo nuevo y virgen. Sentí la ebriedad del aventurero, la ceguera del iluminado.

¡Qué exaltación!; el estero en la oscuridad de una noche sin luna. La extraordinaria fosforescencia de la rompiente del mar. Las luciérnagas como efímeros cometas perdidos en el espacio que sirvieran para iluminar brevemente los perfiles del capitán Dorantes, de Castillo, del negro Estebanico que serían mis compañeros de jornada.

Surgía aquí, en la azotea, aquel otro Cabeza de Vaca, frente al que muere en un largo atardecer. Llenó de un salto esta azotea. Lo vi con nitidez en estas alucinaciones imaginativas a las que somos propensos los viejos. Tenía la plenitud sin arrogancia de quien anda lleno de días por delante.

Creo que me miró sin prepotencia: soy apenas su escribiente, su muriente. Soy su tumba, su memoria. (Él podrá despreciarme, pero sin mí y mis cuartillas, no existiría.)

Me pareció que era más alto que yo. Su pecho y su

cabeza se proyectaron hasta cubrir la Giralda. Estaba desnudo. Apenas cubierto con un taparrabos de venado, cuyas tiras ajustaba con un nudo marinero de su invención, que mis manos ya no podrían repetir. Sus piernas y sus brazos tenían músculos correosos, eficaces. Cuando nuestro cuerpo cae en el tiempo las rectas del perfil se transforman en curvas, la carne en blanduras, la velocidad en titubeo.

Ese que pasó un instante ante la eternidad del cielo sevillano, era el que vivió aquella noche de partida hacia lo desconocido. Era el mismo que se despidió emocionado del cacique. Se encontraron sigilosamente en la noche de la partida para no ser vistos por jefes y brujos de la tribu. Fue cuando Duljén le entregó el amuleto tallado en turquesa, símbolo de la "confianza sagrada". Les ayudaría en el "camino del maíz" y en las escarpadas sendas del "mundo de arriba".

Dorantes y los otros pretendían conservar sus cuchillos, hopalandas de piel, escapularios y hasta la Biblia que había usado Narváez en sus prepotentes "requerimientos". Discutimos. Les dije que eso sería suicida. Sería como entrar en América con toda España encima. Traté de convencerlos de que La Biblia era también un objeto y que lo importante no era exhibirlo como un talismán sino llevarlo en el gesto, en el corazón, en la conducta. Y que si el tuerto miserable de Narváez lo había usado para justificar sus matanzas y robos, era mejor no llevarlo. Dije que no transigiría.

Pese al apuro tuve que aceptar que Dorantes se pusiese a cavar un pozo para enterrar el Libro. Hicieron un pequeño túmulo y lo coronaron con una piedra del mar.

Después, con menos reticencia, se despojaron de otros objetos que pretendían conservar y de la hopalanda de Dorantes. Costó que Castillo aceptase renunciar a un puñal que tenía por vaina un cuerpo de Cristo. Impuse en este caso también mi autoridad y arrojamos el repulsivo instrumento en el estero.

Yo no podía permitir que iniciáramos camino descuidando la sabia indicación del cacique Duljàn: presentarnos a los sucesivos pueblos del rumbo del maíz, desnudos de todo, desarmados y sin la prepotencia de sentirse el brazo de Dios.

Así fue como le dije a Dorantes:

—En verdad, Andrés, todo lo que hemos traído del otro lado del mar, ya lo hemos tirado en estos años y no necesitamos exhibir lo bueno que nos pueda quedar del lado de adentro, lo que hemos aprendido en brazos de nuestra madre...

He narrado en los *Naufragios* algunos detalles de esas largas jornadas en las que fuimos perdiendo temor de la Tierra y de las tribus que pudiésemos encontrar. Cruzamos los cuatro grandes ríos[1] y las cinco regiones que separan el camino de las vacas de la mítica ruta del maíz.

Hombres nuevos en tierra nueva. Desde el inicio fuimos reconocidos como terapeutas. En cada pueblo del llano respetaban el talismán de turquesa que yo llevaba. Nos conducían ante los jefes de aquellas tolderías y enseguida ante los enfermos. Muchos, en efecto, se curaban por su poder de creer en nuestros poderes.

[1] El río Brazos, el San Bernardo, el San Antonio y el Colorado hasta el Grande o Bravo. Los actuales estados de Louisiana, Texas, Arizona, Nuevo México. (*N. del E.*)

He contado el episodio de uno que estaba muerto y que resucitó al día siguiente del que le pasara las piedras de lava que llevaba en mi alforja. La piedra absorbió esa muerte. Estoy seguro porque la noté fría y pesada cuando la devolví al bolso de venado. Tan fría y pesada como un macizo canto rodado extraído del torrente.

Yo no puedo decir nada de estos misterios. La voluntad de Dios pasa a través de nosotros. O no.

Exultantes, nos pagaban con tal cantidad de corazones de venados que no podíamos cargarlos, de modo que invitábamos a comer a todos. En los lugares más desérticos nos proponían inesperadas frutas, pájaros coloridos, deliciosas doncellas.

En algunas de esas poblaciones se inclinaban a adorar a Estebanico. Lo rodeaban a él y él se dejaba alabar sonriendo. Las viejas matronas sopesaban su sexo que parecía más negro que el resto de su piel renegrida. Él reía o asumía posturas estatuarias. A veces los brujos y los niños bailaban alrededor.

Confieso que siempre temí, como una premonición de lo que sería su destino, que lo sacrificaran para halagar a sus dioses. Es lo que más debe uno temer en estas tierras de América: lo que esta gente está dispuesta a hacer con tal de calmar la melancolía del dios Sol, en extinción. Pero Estebanico reía y no temía nada. Se transformaba en el principal oficiante de su propio ritual: bastaba que escuchase un tamboril para que él tomase otro y empezase a batir el parche con un ritmo maravilloso que viene de esas tierras impenetrables de África en las cuales nació. Las tierras del Preste Juan.

En estas vastas extensiones que van desde La Florida hasta esas laderas de los montes rocosos (que por fin habíamos alcanzado sin mucha penuria), nunca se vio negro alguno y por cierto nunca más lo verán. Y si alguna vez llegan otros, seguramente los adorarán y los ensalzarán como ahora a Estebanico.

Nos creían miembros de alguna exótica tribu nómade. Iniciados en busca de las ciudades secretas de la montaña. Nada en nosotros demostraba nuestro origen transatlántico. Evitábamos levantar sospechas. Cuando hablábamos, no decíamos ni España ni Castilla ni Cristo. Convinimos en hablar de "Hisperia" y de "El Señor". Y siendo ya avanzado nuestro viaje, logré que hablásemos en lo posible en la lengua de los caddos, que es la que más conocíamos. Era necesario porque algunos jefes y caciques del llano ya sabían lo ocurrido en La Florida, en México, en las Antillas. Quienes habían tomado por "dioses barbados que venían del mar", se habían mostrado como demonios de segunda. Los temidos *tzitzimines*, portadores de muerte. Ladrones, violadores y asesinos malhumorados que repetían sus trágicas conductas en casi todos los puntos que estaban tocando de las nuevas tierras.

Nuestra arma mayor, nuestra identificación con el espíritu de esa tierra y con esa costumbre de hombredad de esos pueblos, era nuestra desnudez. Logré imponerme a todo intento de insistir en la indumentaria. Aunque a veces utilicen trajes de cuero o de algodón, según la temperatura, los hombres del llano piensan que la desnudez es una condición básica, como en los animales. El hombre desnudo es lo justo, y estaría capacitado para sobrevivir de ese modo al igual que sus otros hermanos del reino animal.

De este modo vimos renacer en nosotros fuerzas corporales secretas. Nuestra piel se gastaba y la cambiábamos con la estación casi como ocurre a las serpientes. Las plantas de los pies crecieron como flexibles suelas y nuestras uñas se fortalecieron hasta acercarse a la primigenia garra animal.

Los de estos pueblos no tienen barba o la tienen muy rala. Conjeturé que las nuestras, tan abundosas y cerradas, tienen que ver con un origen vinculado al frío polar. Mi barba era la más larga y abundante y varias veces me la corté, como quien entabla una batalla contra uno mismo, y tantas veces desistí.

Es peligroso que a uno lo tomen por un dios barbado venido del mar y después no saber estar a la altura de tan generoso crédito.

Cruzamos el famoso desierto donde los gatos salvajes cantan durante las noches como ruiseñores enamorados. Avanzamos por las tierras donde aúlla el chacal amenazando a los invasores de sus heredades. Cruzamos los eternamente inundados esteros de fango, defendidos por terribles tábanos, serpientes ponzoñosas y disimuladas sanguijuelas. Es allí donde viven, cubiertos de fango fétido, los desagradables y traidores homopuevas. Hombres primigenios, seguramente anfibios, que pasan sus vidas durmiendo en el fondo de las lagunas. Dícese que emergen brevemente, movidos por el amor. No tienen cabeza. Sus ojos están en el pecho, más o menos en el lugar de las tetillas, y la boca, ancha y de finos labios femeninos, a la altura del ombligo.

Estebanico juró haber sido corrido por uno. Pero son visiones que concreta su propio miedo. Estebanico es negro y moro, no puede tener la entereza de nuestra condición.

Otra vez volvió temblando. Lo habíamos mandado en busca de moras salvajes y dijo haber visto animales caudados, con una cresta serrada y blanquecina, de hueso o de marfil. Estos dragones habitarían el gran desierto que separa el comienzo del camino del maíz. El capitán Dorantes también aseguró que existían y que aquello no era mero delirio del negro. Dijo haber visto grandes huellas porque probablemente estamos en un punto donde se mezclan o confluyen las edades del mundo (los "Soles", como dicen los hombres del llano).

Nuestra marcha era pareja. Teníamos buena provisión de corazones salados y de tunas. Nuestros odres con buena agua. Fuimos bordeando la cordillera de rocas abruptas y a instancia de Castillo y de Dorantes pugnamos por acercarnos a Ahacus, que sería la primera de las Siete Ciudades. Ellos creen, desde la facilidad de la ambición, que sus calles y sus palacios son de oro.

Continuamente indagaban, cada vez con más ansiedad. Dimos con un poblado de indios leprosos, que viven en fosas que cavan en el polvo del desierto y ellos les señalaron la posición de Ahacus. Durante una semana viajaron en esa dirección, pero no encontraron nada.

Los indios, como Dios, no necesitan más que nuestra propia ambición para manejarnos o para castigarnos.

CAYÓ UN SÚBITO Y VIOLENTO AGUACERO que me sorprendió en la azotea con todos los papeles desplegados, en plena singladura recordatoria. Me apresuré: bastan unas gotas y el Malhado, Duljan, Amaria, Estebanico y todo aquello desaparecería para siempre de toda memoria. (¡Qué responsabilidad estar tan cargado de muertos y de ausentes, de misterios!) Siempre andamos como bordeando el absoluto silencio de la eternidad. Nuestra memoria, empecinada, no hace otra cosa que andar hurtando retazos a ese olvido primordial. Esa niebla tragona que nos espera con paciencia. Equilibristas somos. Caminantes en el filo de la espada.

Presurosamente cubrí las cuartillas con un hule y me quedé parado bajo el alero observando cómo la misma Giralda empezaba a temblar. Se iba esfumando en el aguacero cerrado. Mientras desaparecía, me sentí como un pequeño dios protector del destino de esos seres que corrían por las páginas. Cosas de viejo terco. ¡Yo mismo estoy desapareciendo como la Giralda en el aguacero y me preocupo de robar memoria! No me resigno a cerrar la puerta y partir.

Y sin embargo uno debería irse despidiendo con dignidad. Así como la Giralda se borró momentáneamente (esperemos que reaparezca después del chaparrón), un día será el último en que yo pueda verla. Habrá un día que será el último en que veré al gato del panadero doblar la esquina...

La lluvia me instaló en este melancólico y lúgubre espíritu de despedida. Pero curiosamente, cuando me senté frente al escritorio de abajo, junto al acogedor candil, sentí casi amor por el tintero de bronce y el sillón, tan formado ya a la curva de mi cuerpo.

Abrí el hule y de las cartillas intactas resurgieron esos seres que yo robaba al olvido. Nube, Amaría y Amadís y el olor de las hierbas que fumaba Duljan para caer hacia el cosmos en la noche estrellada. Los hombres-ratones cuyo rostro ya es anónimo. El sabor de la tierra preparada con raspadura de raíces (lo vuelvo a sentir en mi lengua). Y la palabra de Dulján: "Mamar de la teta de la Tierra infinita, madre".

Y resurgió una frase de Amaría cuando estábamos en nuestra tienda en la costa del Malhado, con los niños junto a las brasas de leña, viendo el repiqueteo de las gotas de lluvia fuerte sobre el lomo gris y quieto del mar: "El gran Señor Dador de Vida es la lluvia. Es así que viene él a amarnos, a visitarnos. Esos son sus pétalos, de agua, de vida..."

EL GRAN SALÓN. EL GRAN TEATRO. Todos nos tenemos que ir despidiendo. Algunos con tiempo, otros sin ni siquiera poder tender la mano a los que seguirán un rato más de este lado. Y de seguro que nuestro grupo, nuestro Salón, no será tenido por el más aburrido de la historia. Si cada generación es como un pequeño pueblo que se va deslizando hacia ese antes comentado olvido, hay que decir que el nuestro tuvo sus buenos personajes. No me cambiaría de época, salvo por los tiempos de César.

Algunos han sido águilas, otros bueyes —otros apenas ratones del llano. Tuvimos en nuestro salón al rey Fernando, a Cortés, al genovés sinvergüenza y marrano. Y desde Moctezuma, el gran señor, hasta el humilde y sereno Dulján o el desdichado Atahualpa. Y mi madre y mi padre —sumergidos en la sombra del abuelo terrible. Y mi abuela con sus historias. Y Amaría y la frágil y silvestre Nube, corriendo entre cervatillos y crías de chacales. Y los grumetes que se ahogaron sin dejar recuerdo de su nombre. Y esos mugrientos seres de sentina que de algún modo son el alma oscura de los barcos. Y espléndidos capitanes entrando en su día de gloria. Y los sórdidos cagatintas cortesanos como ratas acosando los leones heridos. Un buen Salón, al fin de cuentas. Con todo lo que puede traer la vida: el ángel y la alimaña. Y en lo alto el gran rey Carlos, Primero y Quinto. Emperador invencido que murió viendo el deslizamiento de los últimos metálicos segundos, implacables, en el reloj que le trajo el niño don Juan de Austria, su hijo e hijo de la bella doncella de Ratisbona. Y el viejo Oviedo refunfuñando contra los conquistadores. Y el pobre Estebanico devorado por la capa de hormigas, el más horroroso manto, que no mereció su inocente imprudencia.

El Salón, mi salón, se vacía. Casi todos están ya más bien del otro lado. ¿Esperará alguien a alguien?

Basta una lluvia para que uno caiga en filosofía. De ser así, dentro de poco los más grandes filósofos serán los de Flandes y los de Alemania, ya que viven como peces, en la humedad eterna.

Lo cierto es que voy siendo uno de los últimos en partir, como esos pesados que se quedan hablando borrachos en las fiestas. Me siento obligado hacia estas cuartillas. Me visto con traje de ceremonia, cada noche, para encontrarme conmigo mismo. Me saludo y empiezo a escribir. Soy casi ya el bisabuelo de aquel Alvar Núñez que se presentó desnudo el otro día en la azotea. Aquel que nadó entre los tiburones del Malhado y que tuvo en el mundo la ocurrencia o el coraje de meterse tierra adentro, sin coraza ni escapulario. ¿Ese

Alvar se asomará así, poderoso y sarcástico para curiosear el velatorio de este abuelo escribiente, este viejo que vive de la memoria de sus restos? Aquel Alvar temido por las serpientes ponzoñosas, respetado por los chacales del desierto. ¿Habrá existido o será también ilusión de una tarde de lluvia?

Basta de digresiones y de filosofía *in humido*: reaparece nítida la Giralda con todo su garbo y una corola de golondrinas juguetonas.

Cortés había bajado a Sevilla para arreglar cosas de su testamento. Fue la última vez que lo vi en el "Salón". Fue, claro, en el verano de 1547, a tres años de mi llegada en cadenas desde el Paraguay y cuando yo estaba en plena lucha contra calumniadores y cagatintas. Se sabía que quería testar en favor del hijo que había tenido con doña Mariana y que se llamaba Martín. Algo se debería remover con fuerza en el fondo de su complicada alma como para resolverse a bajar en pleno verano al horno sevillano.

Se instaló en el Mesón del Moro con todo el fasto digno de un marqués advenedizo, de esos que tratan de convencer a todo el mundo de que en realidad lo son. Le mandé un recado porque quería evitar ser desterrado a Orán, el castigo que mis enemigos habían imaginado. Nos vimos en la tarde siguiente.

Cortés y su corte ocupaban medio mesón. En las esquinas del patio estaban sus guardias vestidos con los colores de la "casa de Oaxaca". Si se cuidaba de alguien sería más bien de algún cornudo retrospectivo, que los hay y hasta abundan.

Habían tendido sobre el patio, sostenido por sus cuatro palmeras, uno de esos toldos de loneta fina que por aquí llaman velas. Fue en esa extraña luz tamizada, a la peor hora de la siesta, que lo vi, sentado en un fastuoso sillón de mimbre. Avejentado, triste, caído. Pero sobre todo tan pálido como para que yo tuviera la sensación de que venía del otro lado sólo para poner la firma al testamento que cancelaría alguna de sus culpas. Su piel era blanca, transparente. Se decía que estaba doblegado por el mal de Nápoles. La enfermedad y la vida de la Corte (tal vez sean términos equivalentes) le habían hecho perder la robustez campesina, o de soldado romano, que era la cualidad con que lo recordaba desde nuestro ya lejano encuentro en México-Tenochtitlán. Se casó con una sobrina del duque de Béjar y ya no volvería a México. Pensé que ese hombre extraordinario concluía por donde yo había empezado: en una casa señorial. Cumplía el sueño de todo hidalgo pobre de Sevilla o de Extremadura. Mucho servicio, sábanas bordadas de hilo, escudo en el pórtico. Cuando a su vuelta se integró en la Corte, el Emperador lo recibió muy bien y con deferencia. Pero era demasiado para cortesano. Era un capitán vencedor, no un noble divertido, culto, buen catador de vinos y confidente de mujeres. Este hombre que había vencido en los más peligrosos desafíos militares, perdió la batalla de los saludos y las invitaciones. No lo pudo evitar: no le perdonaron su pasado de aventurero pobre y mujeriego; el no haber podido pagar su pensión de estudiante de Salamanca. Un marquesado no basta, se requiere solera y elegante descuido de sus ancestros. No tenía Cortés más antepasado que sí mismo, que su coraje. Siempre había corrido hacia adelante, hasta para ennoblecerse. En este sentido su destino de acción (esa construcción insensata en la que más bien perdemos la paz del alma y todo sosiego), había coincidido perfectamente con el destino de España que hoy es imperio universal y donde, ayer nomás, la reina Isabel se jactaba de poder invitar al Arzobispo de Toledo porque había pollo para el almuerzo.

Mientras Cortés hablaba, sentí que yo nunca había creído en ese futuro. Nací con el futuro puesto, dada mi estirpe. No hice otra cosa sino tratar de desembarazarme de él buscando más la aventura que la conquista y el poder. Fui un peatón, un caminante de reinos perdidos, de nuevos misterios. Para consolarme, más de una vez, cuando me tenían detenido, conjeturé que el castigo no era absurdo pues en lo profundo de mí nunca había cumplido con los propósitos del Imperio.

Ese gran hombre, el gran Cortés, ahora se había quedado sin porvenir y su vida se vaciaba. Pero lo grave es que se había quedado sin su América. Volvía a encerrarse en España, en la Corte y así perdió todo. Porque sólo en ese infinito de América fuimos libres. *Fuimos.* Sólo allí la ramera de Triana se volvió duquesa, Cortés se hacía marqués y el chanchero Pizarro, virrey. Sólo allí los hombres dan de sí lo que realmente pueden y quieren.

Me miraba. Estaría sorprendido de verme ya menos indio, menos desnudo y con los pies acostumbrados al calzado fino. Se acordaría de que, cuando lo conocí, no podía soportar todavía las botas que el Virrey me había prestado.

Me estudió. Sonrió y ordenó se me sirviese un vaso del vino fresco que estaba tomando. Tenía la piel transparente hasta un punto inquietante. Noté que se le acumulaba un rocío de transpiración en la frente. Tuve la fugaz intuición de que se estaba muriendo, allí mismo, en el sillón de mimbre del Mesón del Moro.

Cortés divagó. Prometió ayudarme (despacharía esa misma tarde una esquela para mejorar mi situación en el Tribunal).

—Quiero que mi hijo Martín, el indio, sea tan heredero de mí como los otros. Y quiero ser enterrado en Coyoacán. Para esto sólo vine...

Dijo que no me había olvidado con las vueltas de los años. Yo era el único que había entrado a descubrir por los caminos del desierto, mezclado con indios, como un indio más.

—¿Quiénes eran? Nunca los he conocido... Los traté sólo para manejarlos, para vencerlos. Fueron en realidad muy poco hábiles... Pero lo que pasa es que no creían ya en sí mismos. No creían más en el hombre, en los hombres, ni en ellos mismos... Pero en todo caso nunca los hemos descubierto. Más bien los hemos sepultado, que es tal vez lo que querían: andaban en decadencia, como desenterrados... Vusted, don Alvar, debió haberlos visto y conocido realmente. Desde el Palacio sólo se manda, se pone preso, se mata... Creo, con los años, que los vencimos por el solo hecho de creer que el hombre está hecho a imagen y semejanza de Dios.

—¿Qué Dios? —le pregunté. Me miró con cierta perplejidad.

—Dios, el único. Nuestro Dios. Que es el Dios de Abraham, de la Biblia y de Cristo. Nuestro Señor. Vencimos porque teníamos un dios más fuerte, don Alvar...

—Tal vez no vencimos, tal vez sólo hemos agregado territorios creando una enorme España, grande y débil, pese a todo lo que dicen. —Y repetí una frase que dije varias veces y hasta anoté en los *Naufragios:* —Sólo la fe cura, sólo la bondad conquista.

—Si eso pasa es más bien por el lado invisible del mundo, que es como la cara oculta de la Luna. Yo me refiero a las conquistas, reales, las que hacen los ejércitos y las administraciones. Todo lo demás... Sin ir más lejos su propio caso, don Alvar: ninguno de los territorios que descubrió en sus periplos han quedado agregados a la Corona. —Se quedó pensativo, bebió un sorbo de vino y agregó:

—Y sin embargo es también verdad que parecería que nada hemos conquistado. Como si hubiésemos pasado por encima, sin tocar en profundo... Tengo apenas un recuerdo como de seres leves, de esos que habitan los sueños y que son barridos en el despertar. A veces me pregunto si no habremos sido como aquellos bárbaros que llegaron a Roma y la sepultaron sin darse cuenta de lo que hacían. Tal vez nosotros y los curas y obispos no tuvimos el coraje de explicarle al Rey la verdad de esas tierras. Yo escuché decir a Las Casas que esos hombres creían más en sus dioses que nosotros en el nuestro: probaban con la muerte y la extinción que creían en sus dioses y que sin ellos sus propias vidas carecían de significado. Se suicidaban, se enfermaban de muerte lenta... Yo estoy seguro de que Vusted es el que más sabe de estas cosas porque conoció a aquellos seres de igual a igual. A propósito, dicen que Cabeza de Vaca fue el único que vio las ciudades sagradas, ¿es verdad?

Entonces le conté algunas cosas de Ahacus. Pero callé lo de los Tarahumaras de la Sierra Madre porque no me entendería o me tomaría por débil o loco. Sólo hablé de la visión de Ahacus.

—Y cuando a su vuelta de México Vusted arriesgó hasta el último centavo de la fortuna familiar en la expedición al Paraguay ¿fue para buscar las Sierras de Plata?

—No. Ellos me interesaban ya por lo que sabían más que por lo que tenían. Con el Potosí bastaba por todas las Sierras de Plata... Tal vez quise ser un conquistador distinto, y eso es imposible. Ni los hombres de Iglesia me dejaron. Fracasé. Y ya me ve don Hernando: defendiéndome de las trampas administrativas...

Hizo una señal a un viejo muy uniformado, seguramente gente que lo había acompañado en los días altos, y dio la orden de preparar una misiva.

—Ese Dávila de la Real Audiencia me debe mucho. Mañana por la mañana tendrá mi esquela sobre su caso.

Dio por terminada la visita. El mismo capitán viejo lo ayudó a incorporarse. Lo saludé con la reverencia que merecen los marqueses, aunque nuevos, y me encontré con sus ojos carentes de todo brillo. Ni siquiera reflejaban ya la resolana de la tarde caliente.

Cortés murió dos días después, ni bien llegado a la casa de Castilleja de la Cuesta. Le dedicaron fríos honores.

AHACUS ESPLENDÍA EN LA NOCHE. Por fin la ciudad secreta, la oculta. Desde el valle la vimos danzar en la obscuridad azul. Una centena de grandes hogueras de troncos de pinos la iluminan desde la base de las altas murallas de mica y de vetas de metal dorado.Por amor de los fuegos, esas grandes murallas de piedra parecen bailar sensualmente, según el lento ritmo de las llamas. Danza callada, fascinante.

Por los contrafuertes roquizos y las altas torres de la ciudad efímera se veía avanzar una columna de antorchas. Esclavos que subían las literas de los grandes sacerdotes llegados para los ritos invernales.

Ahacus sería con seguridad una de las primeras ciudades secretas, inaccesibles. Mis guías acamparon frente a ella, en el borde del río que refresca el valle pedregoso. Era el confín de lo prohibido. Se escuchaban los tamboriles incesantes y las roncas flautas que señalaban la presencia de los chamanes o brujos venidos del país de la Alta Montaña, el país que se llama de "las Cuatro Regiones del Mundo".

Comprendo que se pueda haber dicho y se crea que Ahacus es una ciudad construida con oro: las micas de sus paredes de roca y las vetas de mineral dorado, seguramente cobre o hierro oxidado, producen ese efecto luminoso aurífero, con el reflejo de la llama de las antorchas.

Cerca de nosotros hay varios grupos llegados desde regiones lejanas. Alzan sus tiendas y encienden fuego junto al río. Danzan en silencio en la obscuridad. Equivalen a peregrinos, pero desconozco sus rogatorias y la naturaleza de sus dádivas. Se aproximan a los misterios, a los secretos de la Montaña. Seguramente son hombres de los insignificantes pueblos del llano, como diría el cacique Duljàn. Hombres-ratones que no deben ver más allá de sus narices, si no enloquecerían. Pero no deja de ser posible que la montaña-ciudad esté recorrida por vetas de oro puro. Así lo creyó Estebanico, el negro, según mis relatos y de allí que logró convencer al pobre Fray Marco de Niza y al mismo Virrey para emprender una jornada hacia "las Siete Ciudades".

Sé, por experiencia que tuve después en la Sierra de los Tarahumaras, que a los sacerdotes aquellos no les interesa extraer el oro y los diamantes. Usan ese lujo una sola vez al año, o dos, para los ritos que los congrega en los solsticios. Nadie puede ingresar en Ahacus en esos días señalados, cuando la ciudad se hace y *es*. Después volverá a ser una mera montaña árida sobrevolada por los zopilotes.

Era increíblemente atractivo ver esos muros que parecían oscilar en la noche entre velos dorados. Los contemplé hasta el alba y no los olvidaré nunca. Hoy mismo, aquí en Sevilla, me siento como el poseedor de una visión exclusiva que ningún otro hombre de la cristiandad ha tenido.

Es una ciudad sagrada. Ciudad de una noche, como de un sueño, de una alucinación o de una momentánea epifanía. Tan efímera como sus resplandores de una hoguera que agonizará con el amanecer. A la mañana el viajero no encontrará más que las paredes de roca de un cerro circular que se alza en la aridez del paisaje. Un simple cerro con restos de hogueras a sus pies. Nada podrá saber de sus cavernas secretas y de los disimulados altares a cielo abierto, donde durante la noche realizaron los ritos que ocultan a la barbarie de nuestro dios. El dios con más espada que cruz, como ya dicen por aquellas tierras.

Amanecía ya cuando los guías prepararon el retorno. Bajamos por aquel valle seco, rodeado por gigantescos cactos.

Habíaseme concedido ver Ahacus. Era el privilegio de mi talismán de turquesa. La Ciudad de Oro se disolvía ya sin la niebla del alba. Nadie podría encontrarla hasta que volviera a resurgir en los ritos, en su esplendor efímero y sublime.

Fray Marco de Niza supe que organizó una entusiasta expedición hacia las Siete Ciudades e intentó entrar en la que le dijeron que se llamaba Cibola. Estebanico, que se quedó en México con Dorantes cuando yo me embarqué de regreso hacia España, fue quien convenció al cura. Váyase a saber qué pudo haber oído o entendido Estebanico de mis relatos. Su mente era infantil, fantasiosa, como la de todo negro. Cuando yo estaba de nuevo en Sevilla y preparaba mi expedición como Adelantado en el Paraguay, en 1539, Estebanico y Fray Marco se largaron desde Culiazán al norte, hacia el misterio. Me contaron que Estebanico se consiguió un collar de amatista, creyendo que eso bastaba para ingresar. Y ésa fue la perdición de aquel ser siempre dispuesto a la alegría y a alegrar: se metió en una de las ciudades secretas y fue descubierto por los guardias. Lo condenaron al horrible suplicio de quien ose violar los secretos sagrados. Fue sajado con afilados dientes de ratón en mil lugares de su cuerpo, para que sangrase lentamente y luego, adobado con miel, fue abandonado a las hormigas del desierto, esas que hasta temen los chacales cuando empiezan a envejecer. Aquel horror injusto, porque Estebanico fue un eterno niño, no frenó a Fray Marco que, según la relación que escribió y que leí en la misma torre de Fadrique, se aventuró, parece, hasta la misma Ahacus que yo conocí. La describe redonda y con paredes de amatista. Se aventuró seguramente hasta un punto desde el cual pudo verla desde muy lejos, sin que lo acercasen los guías, como en mi caso privilegiado. El fraile se sintió tentado a intentar lo mismo que Estebanico: "podría perder sólo la vida", anota en su relación. Pero se decidió, creyéndose testigo único, a volver para contar la existencia de esas ciudades. Elige la literatura, pero para fomentar la malsana ilusión del oro. No comprende que la ciudad era efímera y que el oro y las piedras preciosas eran un adorno de la misma naturaleza intacta, para los ritos solares y las visiones que provocan los licores sagrados que usaban aquellos extraños monjes.

Me contaron que Fray Marco volvió de nuevo a su Italia. Vive como un excéntrico, encargado de una parroquia campesina adornada con signos que nadie puede comprender. Y un crucifijo recubierto de amatista.

POR FIN ENTRAMOS EN EL CAMINO DEL MAÍZ. El paisaje cambiaba con los días de marcha.

Poco a poco cambian las costumbres. Los pueblos ya no son sólo de cazadores que emigran periódicamente. Hay ya tribus que siembran maíz, porotos y calabazas y saben hacer depósitos de los excedentes de los buenos tiempos. Las mujeres ya no se visten con taparrabos o vestidos de cuero suave, sino que andan con camisolas de algodón, a veces pintadas con colores vivos o con formas de animales sagrados.

Siempre llegamos precedidos por nuestra fama de terapeutas. Pasamos una gran variación de tribus y pueblos que, aunque habitan cerca, más bien se desconocen y no buscan dominarse. Guerrean y se roban entre ellos. Pero no se llega a extremos de odio. Es difícil comprenderlos.

Es más bien nuestro temor y desconcierto que inventa la crueldad de estos seres menos separados de la Tierra que nosotros los europeos, los cristianos, los poderosos de Castilla.

Algunos de estos pueblos son pobres, tristes, inimaginativos. Viven en cuevas, en el polvo del desierto, sin poesía ni alegría. Veneran dioses descuidados, que no les aportan muchas alegrías o esperanzas. Suelen tener la piel enferma, con grandes manchas y por cierto no se curan cuando les pasamos nuestras piedras que absorben el mal.

Otros pueblos, a veces muy vecinos de los tristes, transforman la vida en cosa de heroísmo y arrojo. Luchan siguiendo a sus jefes guerreros y a sus brujos que los incitan a la grandeza. Beben durante semanas alcohol de tuna, agradeciendo sus triunfos. Danzan, aman, se adornan. Comen a sus vencidos (si fueron hombres de coraje) y sus brujos beben la sangre de los sabios conquistados. Sin crueldad ni jactancia.

Cruzamos territorios de mujeres bellas que nos saludaban como emisarias de sus caciques mostrándonos los pechos y entreabriendo con encanto sus piernas. En estos pueblos las mujeres hacen abluciones, hacen brillar sus dientes con piedra pómez o arena, untan sus partes secretas con bálsamos picantes o refrescantes, según el rito de amor que corresponde por la fase lunar. Sus maridos se sienten halagados cuando el extranjero penetra en sus bellas mujeres.

Hay también pueblos de hembras desdentadas y malolientes, que echan injurias soeces al caminante y que parecen llevar entre las piernas una amenazadora madriguera de reptiles. Estas mujeres, a los veinte años parecen macilentas matronas de cuarenta. Van seguidas por su cría, como una maldición.

De todo tiene esta América. Y quien hable de indios o americanos en general, miente.

Hay pueblos donde se espera la muerte con toda la quietud posible. Otros esperan o inventan la vida casi con frenesí, aun en las grandes hambrunas. Todo depende del carácter del dios que aliente un pueblo.

En todo caso, siempre hicimos honestas y afortunadas curaciones. (¡Como dije, más bien nos esperaban para por fin creerse curados!) Nos pagaban con corazones abiertos de venado, con fruta silvestre o caracolas mágicas. En uno de esos pueblos, casi con indiferencia, nos dieron un puñado de esmeraldas de las grandes. Las mirábamos hipnotizados por su inexplicable belleza: es agua de la más pura altamar hecha cristal, joya de Dios. Estebanico se las puso adheridas a su frente sudada y bailó tratando de mantener inmóvil la cabeza hasta que cayeron en el polvo. Uno pasaba simplemente los dedos y reaparecía esa esplendorosa transparencia que puede conservarse durante toda la eternidad.

CASTILLO Y DORANTES CAYERON EN LA FEBRILIDAD DE LA AMBICIÓN, y tengo para mí que fue por causa de ese puñado de esmeraldas. Desencadenaron una enfermedad larvada, que incubaban desde los comienzos de nuestro viaje. Repentinamente se creyeron en el umbral de ciudades pavimentadas con piedras preciosas y con muros de oro. En la noche yo encontraba sus ojos desvelados, encendidos como brasas. Al principio hablaron de Marata y de Totonteac como posibilidades. Después, malentendiendo lo que malentendían los indios que interrogaban de continuo, terminaron por discutir entre ellos sobre la posición exacta de las ciudades. Es común que el humano tome sus deseos por la realidad. En un segundo momento matará y depredará en nombre de esa "realidad" imaginada, nada real.

Los dos creyeron que el inesperado puñado de esmeraldas no era más que un adelanto modesto, una propina del rico Destino.

Ojos como brasas en la noche, ojos de felino en acecho. Soñaban con el poder del oro. Seguramente se repartían Castilla y sus caballerías y flotas. Prostituían duquesas. Llegarían a Brujas con séquito de capitanes empenachados, monjes obedientes y doncellas venecianas.

Un amanecer, cuando aún dormía, me sobresalté con los rugidos y jadeos de una verdadera contienda de chacales alzados. Dorantes y Castillo rodaban sobre el polvo en feroz pelea. Se golpeaban, mordían, retorcían. Fueron inútiles mis gritos disciplinarios, estaban llevados por las furias. Con Estebanico intentamos tomarlos, para separarlos. Pero Castillo dio un feroz puñetazo al negro que rodó con el labio partido. Opté por hacer como con los perros rabiosos: tomé una correa de cuero de venado y empecé a estrangular al capitán Dorantes hasta que se inmovilizó y se desprendió de su enemigo. No se atrevió a volverse contra mí y su mirada fue cayendo en la razón.

Los obligué —a los tres— a ponerse de pie y en fila. Les dije que levantaría un acta y que recordasen, como hombres de armas de Castilla, la disciplina, las obligaciones y los castigos que correspondieren. Los tres sangraban y me miraban en silencio. Era cómico, allí en el amanecer, mi corto ejército desnudo, recibiendo amonestación y órdenes de disciplina.

Durante un instante volvimos todos a nuestras tierras de Andalucía.

No hemos descubierto nada en las Indias. Lo que hemos descubierto es España. Esta España enferma que emerge como un subterráneo río de aguas servidas en la riña de Dorantes y Castillo. El Imperio que traía el dios verdadero, se descubre con un dios miserable, que siembra muerte en nombre de la vida. En los puntos más lejanos nuestra maldad se repite como una costumbre.

Estas tierras nuevas, opacas de polvo y piedra de los

desiertos, son sin embargo un espejo: el espejo de España. Un espejo como el mío, el que me tortura en cada mañana mostrándome mi muerte como aquel reloj metálico que midió la interminable agonía de Carlos V. En el espejo del desierto nos hemos mirado y hemos encontrado un monstruo que se repite como la Hydra de mil cabezas: los Castillos y Dorantes son los Almagros, los corregidores, los Narváez y los Soto.

Debajo del águila y del león de Castilla, que lucen en gonfalones y escudos, salta un pueblo de hienas malolientes, devoradores de carroña, sembradores de muerte. Llevan a Cristo labrado en el mango de sus puñales sangrientos.

Tuve que hacer algo urgente, temí que Castillo y Dorantes, enfebrecidos de ambición, me matasen dormido. Inventé entonces la necesidad de formar dos grupos y durante quince jornadas buscar la mítica Totonteac en dos direcciones. Partí con Castillo, y Dorantes marchó hacia Poniente, con Estebanico.

Castillo, el plebeyo, me siguió refunfuñando. Llevábamos varios indios guías, que nos creían casi dioses.

Castillo, hijo de un menos que hidalgo de Trujillo, recuerda la piara familiar, el rebuzno de los asnos al atardecer, cuando llegan cargados de aceitunas a la fuente de piedra de Trujillo. Lo hago hablar. Me cuenta una infancia de hambre y latigazos de un padrastro cruel.

Entonces comprendo su fiebre, sus ojos ardiendo de ambición en la noche, su oscura rabia.

Ocurre que aquí, en esta América de soledades, es el único lugar donde estos hombres empiezan a ser libres, o a ser, simplemente. Aquí pierden el yugo de los estamentos seculares. Nace el carácter y la fuerza de

164

cada uno (o su debilidad y cobardía). Se crea un nuevo orden. Los fuertes surgen, los débiles desaparecen. Los decentes y cautos, mejor que emigren.

Un nuevo orden terrible. Sin dios, ni moral. Un nuevo orden de señores asesinos. —Nunca volveré a España... —me dice Castillo—. ¡Ni muerto!...

LO CASUAL PROVOCA A VECES LAS EXPERIENCIAS MÁS IMPORTANTES. Ocurrió que volvimos a reunirnos con la novedad de que Dorantes y Estebanico habían llegado "a los territorios que sustentan a Marata", la ciudad de oro. Venían alucinados. Ebrios de su propia ilusión. Dorantes busca confirmación en Estebanico y este negro juguetón agrega detalles a la ilusión de Dorantes.

En realidad no supieron darnos la situación exacta de la ciudad ni supieron explicar por qué no habían ingresado en ella.

Nos ocurrió de entrar en un pueblo indio al pie de una sierra que se extiende hacia el Sur con cumbres altas. Nos agasajaron y me suplicaron que cure a un guerrero, hijo del cacique que protege el ascenso a la montaña, a "los pueblos de arriba". El joven jefe había empezado a morir y lo bajaron de los altos bastiones que comandaba.

Era pálido y ya la muerte lo afinaba, lo aniñaba. Tenía una punta de flecha que había quedado en su pecho, clavada cerca del corazón.

Juzgué inútil pasar las piedras curativas, y hasta las

oraciones imponiendo las manos. Opté por hacerme secundar por Dorantes. Preparé un buen cuchillo que templé y purifiqué en llama de leña noble. Atamos al guerrero a un catre y le hicimos beber mucho vino de tuna, hasta que perdió conciencia.

Le abrí el pecho con buena decisión. La punta ya laceraba el envoltorio del corazón, que tiembla y huye como un animal escurridizo. Con los dedos y la punta del cuchillo conseguí por fin apretar la punta de la flecha y tiré hasta alejarla de ese extraño animal vivo, que es el corazón, que parecía no tener nada que ver con el resto del cuerpo. Un torrente de sangre manaba de ese espantoso boquete que yo había hecho, con extraña seguridad, apartando la carne y las costillas. Quedaba poco tiempo. Dorantes preparó una aguja de hueso duro y muy fino enhebrada en tripa de rata, que es lo más resistente. Cosí aquello como un costal. Lo limpiamos con alcohol de árbol y hierbas curativas (que suelen usarse más bien para quemaduras) y la sangre reingresó en su torrente circular. Los labios del guerrero, casi blancos, empezaron a pintarse.

Se salvó. A la media mañana empezó a gritar de dolor: inconfundible seguridad de la existencia de vida.

A la semana quería correr. Mostraba el costurón desprolijo con jactancia.

Hubo bailes rituales durante muchas jornadas.

El cacique bajó de la montaña para buscar a su hijo. Se hizo una gran fiesta. En esos pueblos cocinan en hornos de barro. Prepararon patos silvestres, cuises y cervatillos. Nunca comimos mejor en aquellos años de travesía.

Fue lo casual. Porque cuando el cacique nos premió con corazones de venado y un collar de conchillas rojas (cuyo poder y significado debería ser inigualable, por la veneración con que admiraban ese objeto), me animé a pedirle que me llevara al "pueblo de arriba"', al pueblo de la Montaña, donde existía una universidad de idolatría.

Así, por casualidad como dije, me fue dado entrar en el mundo de arriba.

YO VENÍA DE ABAJO, DEL MUNDO DE "LOS EQUIVOCADOS". Los súbditos del cacique me guiaron durante dos jornadas, por la sierra, mientras Castillo, Dorantes y Estebanico intentaban precisar el lugar de la supuesta Marata que creyeron haber visto. Generosamente el cacique les facilitó diez guías, mujeres y hombres. Esperé todo un día en el bastión de piedra que domina el acceso a la sierra y fue allí que vinieron a buscarme "los de arriba". Con ellos seguí el ascenso.

Estos hombres, silenciosos y extraños, se llamaban tarahumaras y la parte de la sierra que dominan (y es inaccesible) es llamada "Sierra de los Tarahumaras". En mi relato de *Naufragios*, apenas hablo elusivamente de este paso, refiriéndome a sus yerbas mágicas y a frutas parecidas a manzanas, que pueden dar vida o muerte.

Tuve que ir subiendo por senderos de cabra. Viven muy alto, donde uno ya es vecino del cóndor, que es el pájaro más grande y majestuoso de la tierra. Soplan allí corrientes de vientos helados.

167

Cuando Cieza de León me habló de los uros tuve que contarle esa visita a los tarahumaras que para mí tendría una importancia decisiva.

Son altos y flexibles, estos tarahumaras. Aristócratas en ojotas. Desprecian la palabra como un equívoco de los hombres del llano. Huyen de todo bienestar y de toda forma de apego o desprecio por la vida. En algún tiempo formaron parte de las confederaciones de los aztecas, pero se aislaron definitivamente en la altura. Los tlascaltecas, mayas, aztecas y el gran imperio de las sierras del Sur, son para ellos despreciables expresiones de torpe afirmación de la vida inútil. Brutales formas de civilización, vida degradante, pues todo progreso en el tiempo significa bajar en la pendiente de abyección. Los tarahumaras tienen serias reservas frente a la reproducción de los humanos. No la propician. Si engendran hijos es exclusivamente para que sean monjes de los ritos sagrados que permiten —a través de sus chamanes— que los hombres puedan comunicarse todavía con la totalidad del universo.

Ellos son hombres anteriores a los de este Sol enfermo. No tienen nada que ver con este ciclo del mundo. Las desgracias, desde el imperio de los aztecas y la llegada de los "barbados malolientes de Hispania", son hechos perfectamente explicables: el mundo no sube sino que baja por una pendiente de ruina y maldad, de generación en generación. Sólo ellos, los de arriba, conservan el recuerdo de los fundadores. Para ellos Tenochtitlán, la gran urbe, es el símbolo del cercano fin y la segura muerte de este Sol (por más sangre que se le dé a beber).

Fui siguiendo a esos hombres mudos, adentrándonos en la sierra, hasta alcanzar las cercanías de un poblado

168

de piedra que creo que llamaban Norogachic. Sería seguramente una de esas "universidades de idolatría", sembradas en los puntos más inaccesibles.

Me consideraba inexplicablemente un privilegiado. Tal vez el talismán de turquesa del cacique Duljón o mi curación del guerrero me abrían esos senderos de piedra.

Esperé dos días en una casa de piedra, ansiando la mañana para calentarme con el sol. Desde el poblado llegaban gritos y llantos de niños. Cantos incomprensibles, llamados que rebotaban entre las rocas.

Un viejo bajó y me estuvo observando sin hablar. Miró mis uñas, mi indumentaria, común entre los hombres del llano. Mi barba le debió parecer una extraña degeneración para proteger a los hombres que viven entre hielos.

Fue entonces que supe que se me concedería la ceremonia o rito del Ciguri. El Ciguri, el rito, es el puente que mantiene la relación entre este arrabal, que es la Tierra, con el universo del cual más bien nos estamos desprendiendo.

El Ciguri es una gran purga: hay que vaciar el "equivocado", como quien da vuelta un costal sucio y lo purifica a la luz del día. Sólo así es posible que el predestinado al Ciguri reciba las fuerzas primigenias del universo, se recomponga, o al menos se asome a la doble vista, que hemos perdido paulatinamente: vemos

169

con demasiada nitidez cuanto nos rodea, aquí y ahora, pero hemos perdido la gran dimensión. Somos ciegos parciales, "tuertos" como decía el cacique Dulján.

Los tarahumaras viven orgullosamente. Saben que si su rito se olvidase, la Tierra se perdería en el caos infinito. Ellos tienen la misión de contener el gran caos, nada menos.

El Dador de la Vida (de quien depende el Sol mismo) puede tocar el alma equivocada, y rescatarla mediante el Ciguri.

Ciguri es un vegetal que preparan sus sacerdotes (escribo esta palabra para no hablar de "brujos" que es la expresión degradante y descalificadora que usan nuestros curas). Lo maceran o mastican y tiene extrañísimas propiedades. Pero curiosamente lo que adoran no es la planta sino el raspador de madra que usa el monje tarahumara para rallar esa sustancia que produce visiones. Es tan sagrado este instrumento que al sentirse morir lo enterrará en un lugar escondido, dejando signos casi imperceptibles para que un joven iniciado pueda encontrarlo y retomar así la misteriosa tradición.

Durante toda la tarde estuvimos tomando un vino de maíz que llaman Tesquino y que infunde una rara serenidad. Los dos emisarios bebían también en silencio. Comprendí que se había iniciado la ceremonia. No entendí bien, pero dijeron que debía seguirlos.

Laboriosamente subimos hacia una planicie abierta en la sierra, en las afueras del poblado.

Había un espacio circular y a su lado una viga larga que servía de asiento. Una y otra vez llenaban mi taza con Tesquino.

Los que me habían acompañado clavaron no menos que diez cruces de madera que no tienen nada que ver con las nuestras, sino que representan un hombre con los brazos abiertos en el espacio. Como ya atardecía, encendieron una hoguera en el centro del círculo. Le llamaron *Onorname*, que quiere decir Sol en su lenguaje sagrado. Luego se retiraron y volvieron con el viejo que me había estado observando a mi llegada. Era el mago, el guía. Traía un cetro de madera, plumas de pájaro y tenía la mirada ya vidriosa.

Lo seguían dos niños que se sentaron a mi lado. Entonces uno de los ayudantes se acercó y me dijo:

—Equivocado, enfermo, el Ciguri tratará de tocar tu alma... Te hará ver. Hará que te puedas parir a ti mismo.

Eso fue todo. Retiraron mi tazón de Tesquino y me dieron a masticar una sustancia con vago aroma de limón. Yo debía escupirla cuando me dijesen, en un hoyo profundo excavado delante de la viga.

Sentí inmediatamente sueño. Pasé de la sueñera del Tesquino a un sopor que no excluía la lucidez, como la de un borracho resistente.

El viejo lanzó un terrible grito de chacal que retumbó entre los cerros. Bailaba y producía sonidos con cascabeles de conchillas. Llamó o alejó a los chacales. Luego hizo abluciones con agua, salpicándose y arrojando gotas al espacio. Giraba en torno al fuego. Partió un corazón de ciervo que trajeron los ayudantes. Hizo correr la sangre por la tierra.

Me hicieron escupir y volver a masticar una nueva ración. Recién entonces me di cuenta de que había arriesgado demasiado. Tuve miedo. Sentí náuseas, creo que vomité. El viejo escupió y orinaba. Luego levantó la cabeza y emitió gritos de pájaros.

Quedé tendido al pie de la viga, comprendiendo que

171

entraba en la muerte. Tenía o sentía —creo— la impotencia del que vive una pesadilla y no puede despertarse. Estar desdoblado, pero sin poder actuar ante su destino. La lucidez que sentí es inolvidable, pero lo que veía era un paisaje cargado de escenas de pesadilla.

Creo que fui superando el terror y pude ir viajando por el espacio y el tiempo. Sin dudas estuve por Xerés y di la vuelta a la plaza de la Catedral con mi madre, y ambos entramos en la frescura del patio del palacio con espeso aroma de jazmín y humedad de helechos. No puedo saber la confusión y el orden de aquellas escenas, intensas y fugaces, como en todo sueño. Con agobio vi a mi padre abrazado con mi madre, engendrándome. Mi padre no tenía rostro: tenía un óvalo de bruma amarillenta. Muchos pasajes o visiones son repetidamente indecorosos. Se refieren a acoplamientos monstruosos, a demoníacas delicias en las que yo gozaba, o me hundía, ya fuese como hombre o como mujer (¡me vi abrazado a Estebanico!). Diría que no se puede contar lo que realmente somos y sentimos. Somos un campo de demonios encerrados... Un laberinto sin ángeles.

Luego padecí nuevos naufragios. Llegué entonces a las playas de la muerte. Se renovó en mí el terror, debí haber gritado. Recuerdo la cara desencajada del viejo también gritando como un pájaro y golpeando el raspador contra el cetro.

Fue cuando empecé a separarme del cuerpo: lo vi echado a lo largo de la viga. Me pareció un objeto querido pero escasamente útil del cual debía necesariamente alejarme. (Supongamos algo así como una guitarra sin cuerdas o una espada destemplada.)

Me fui levantando de la playa quieta de la muerte. Caí hacia el espacio. Me parí desde mi propio cuerpo.

172

Caí o subí, rodé o corrí. La hoguera tomó un brillo enceguecedor. Me dolieron los ojos. Sentí, horrorizado, que éstos también llameaban y que caía en *Onorname* sin remisión. Un fuego que no quemaba.

En algún momento de tantas peripecias, más sutiles y abundantes que las del más imaginativo libro de caballerías: vi la Puerta, similar a la que me describiría Cieza de León contándome sus merodeos por Tiahuanaco. Era un portal insólitamente instalado en el desierto. Un portal digno del más lujoso palacio de los árabes.

Tuve miedo al verlo. Pero después pasé por él. No sé si salí hacia el universo o si volví a entrar en la Tierra.

Era el portal de Cieza de León, pero yo lo había encontrado en mi cabalgata de sueños y pesadillas, llevado por Ciguri. Años antes de su relato en Sevilla.

Luego —recuerdo sólo algunas imágenes— vi raíces por las que corría amarillo oro o maíz. Colores rotos, muy vivos, que sustituían objetos, planetas. Ideas de colores. Sentimientos fluyendo como agua. Luego, una súbita, como inesperada, pérdida de resistencia, esto es, de angustia. Sentí que me abandonaba a la fluencia, me disolvía, volvía a aparecer. Era, luego me deshacía, alternativamente, como un semiahogado que la tumultuosa corriente se lleva y devuelve en los remansos.

Comprendí que había viajado por avenidas de ciudades secretas. Que Marata o Totonteac bien podrían ser esas residencias indescriptibles a las que sólo se accede por el Ciguri, por la descomposición de todos los sentidos, con el viaje a lo transreal.

Banal esfuerzo tratar de llevar a la palabra tal cúmulo de sutiles sensaciones, tal vez de valor absolutamente personal. (¿Tendría valor la crónica o relato de Lázaro? Más bien no dice una sola palabra de su viaje al trasmundo...).

Quedé echado, tal vez durmiendo. Cuando me desperté, no había nadie. Habían retirado las cruces que señalan los puntos espaciales. En medio de la tierra pisoteada había brasas frías y cenizas.

Mi talismán de turquesa, que llevaba tomado al brazo, había desaparecido. Seguramente lo robó alguno de los chicos.

DURANTE TRES DÍAS TUVE UNA GRAN LUCIDEZ, que fui perdiendo durante el retorno al llano. Viví la más extraña experiencia, que quedaría para siempre en mí, como la aparición de un dios, o de un demonio, o de ambas cosas. Como si hubiera caído hacia adentro de mí, en una insospechada dimensión, en un mundo tan extenso y misterioso como el mundo exterior.

Castillo y Dorantes estaban enfurecidos: habían fracasado (más bien se consideraban engañados) en el intento de alcanzar una de las siete ciudades del reino de Quivira.

No sólo eso: en una aldea habían encontrado un indio que ostentaba una hebilla de cinturón español y un clavo de herradura. No sólo no habían dado con las ciudades de oro sino que se habían topado ya con los de España.

A tres días de la aldea del cacique amigo se veían ya

los pueblos que se trasladaban hacia el norte, huyendo de nuestro humanismo y de nuestro dios. Se saludaban de tribu en tribu, despidiéndose de animales, plantas y del mismo paisaje que quedaría repartido en propiedades cuadrangulares. Las cosas habían cambiado: no se confiaba. Sabían que la salvación del dios de la cruz significaría el fin de sus propios dioses. "Requerimiento" quería decir la pérdida de sus creencias; "encomienda" era ya sinónimo de esclavitud y muerte.

Comprendí que había acabado nuestra aventura de caminantes. Pedimos a los indios amigos que ya no nos siguieran, pero tenían demasiada bondad o fe en nosotros, insistieron.

Caminamos para reencontrarnos con España. El desierto era aún más desierto: las tribus estaban retiradas en las sierras, los bohíos abandonados. Me aparté con Estebanico y unos once indios, soldados del jefe que yo había curado. Sobre el mediodía vi acercarse cuatro jinetes con armadura y yelmo. Los indios contuvieron su terror ante los cristianos y se estrecharon a mi lado. Era una patrulla del capitán Diego de Alcaraz. Se mantuvieron en la cabalgadura como a punto de atacar preventivamente.

—Soy don Alvar Núñez Cabeza de Vaca —le grité—. ¡Alguacil Mayor y Tesorero del Rey en la expedición de don Pánfilo de Narváez!

Nunca vi cara de tamaña incredulidad. Atónitos daban vueltas alrededor nuestro. ¡Yo, desnudo, con un taparrabos, pero con barbas cubiertas de polvo y de una estatura mayor y hablando castellano! Por suerte no traían perros. Nos pecharon con los caballos. Me mantuve firme, con los brazos cruzados.

—¡Obedezca! —grité. Me interpuse cuando uno de

los jinetes quiso arrollar a uno de mis indios que corrió despavorido.

Nos llevaron media legua, como en un arreo, hasta su capitán, el dicho Alcaraz. Andaban haciendo esclavos. Pero estaban perdidos y no encontraban indios, pues como dije, éstos habían abandonado los pueblos con justo temor.

Llegaron después Castillo y Dorantes con unos seiscientos de la tribu amiga.

Los indios empezaron a llorar al sabernos cristianos. Era como enterarse de que un ser querido ha sido poseído por el diablo.

Traté de calmar a los indios que negaban ante los soldados españoles que yo fuese cristiano. Al mismo tiempo debía contener la insolencia del Alcaraz y de sus esbirros torpes que creían que yo era loco y no respetaban mi jerarquía por estar yo desnudo y asalvajado.

Alcaraz nos secuestró nuestras cosas, incluidas las esmeraldas (eran cinco muy grandes). Pero les pedimos a la tribu que bajasen de los montes comida y mantas de vaca para los españoles.

Por fin Alcaraz nos tomó presos con el simulado justificativo que debíamos ir a San José, a ver al Gobernador, que nos honraría como merecíamos. Un alcalde con cara de asesino, un tal Zerbero, nos condujo.

Alcaraz, libre de nosotros, esclavizó unas seiscientas personas.

Volví a ser tratado como cómplice y protagonista de nuestra España: me dieron ropa. Después de ocho años sin camisa no fue fácil. Pero lo imposible fueron las botas. Una india esclava me limó las uñas y callosidades de los pies. Mi cuerpo no aceptaba ni catre ni cama; para dormir debía echarme por el suelo. Esta costumbre, que habría arruinado a cualquier mesonero, me duró hasta la llegada a México. Allí me metí en la cama por decoro, para que los sirvientes del palacio virreinal no descubrieran a la mañana que estaba intacta.

Así pudimos ir a México-Tenochtitlán y fui recibido por el Virrey Hurtado de Mendoza y por el marqués de Oaxaca, don Hernán Cortés, que sonrió al verme parado sobre las enormes botas que seguramente habían tomado de algún gigantesco lansquenete muerto.

Era otra vez don Alvar Núñez Cabeza de Vaca, el señor de Xerés. Pero era otro, por más que yo simulase. Era ya, para siempre, un otro.

Cortés me dijo que, según su cálculo, yo era el hombre que más había caminado en el mundo: pensaba que había hecho unas dos mil leguas por tierras desérticas o desconocidas.

—¿Por qué lo hizo, se equivocó? —me preguntó el Virrey. Cortés me miraba con sorna.

¡Dos mil leguas! y, ¿qué trajo Vuesamercé a la Corona?

Había sido un conquistador inútil. No había tomado posesión ni servilizado súbditos. No había rebautizado las sierras, los ríos, el paisaje. Pensándolo bien, ahora, había algo de cómico en todo lo mío.

—¿Por qué lo hizo? ¿Por qué no marchó Vuesamercé hacia Panuco, hacia la costa donde había desembarcado o naufragado?

Era como un conquistador conquistado. Sin embargo me respetaban por algún oscuro motivo que todavía, con los años, no descubrí.

Un excéntrico. Eso es lo que llama la gente un excéntrico. Ni tan rebelde como para negar al dios de su infancia, ni tan sumiso como para esclavizar y matar en nombre de un Rey.

Un excéntrico. Un otro. (Un dolor de cabeza para el cascarrabias cronista Fernández de Oviedo.)

Alonso del Castillo Maldonado, hijo de un doctor de Salamanca y el ambicioso capitán Dorantes, de Béjar, comprendieron que habían seguido a un loco o a un equivocado.

Empezaron a sospechar que las ciudades secretas del reino de Quivira, que presumían de oro y plata, eran más bien aldeones de adobe. Empezaban a descreer en su ambición, y es lo peor que podía pasarles.

Ellos difundieron, al menos Dorantes, que yo en efecto, había sido guiado por los brujos y había visto y hasta entrado por el pórtico de oro de Ahacus. ¿Cómo explicarles que se trataba de otro oro, como el de los alquimistas?

Había ciudades secretas que sólo se abrían al conocimiento de los hombres y que no tenían ni calles ni muros de plata.

Yo no podría ni negar —ni explicar— que esos pueblos tenían acceso a grandes secretos inmateriales.

En mi relación ante la Corte, en Toledo, sólo dije, con mucha discreción y ya con amenaza y sospecha de inquisidores, que yo debía asegurar que en las dos mil leguas recorridas no había visto sacrificio humano alguno ni idolatría... Pero no era posible decir más sin ir a parar a la hoguera.

Ni Dorantes ni Castillo fueron creídos. Se supuso que eran despechados, como todo joven capitán o soldado ambicioso que se enrola tras un jefe loco o incapaz.

La gente le creyó al increíble Estebanillo, que con los ojos muy abiertos hablaba de ciudades esplendentes custodiadas por soldados con cola de león.

Por lo menos le creyeron el infortunado Coronado y Fray Marco de Niza.

Pero "mi secreto, que no confesaría ni al Rey" me serviría para continuar mi proyecto oculto esta vez en el Río de la Plata.

EL 23 DE JULIO EN MÉXICO-TENOCHTITLÁN, Cortés me brindó una estupenda corrida de toros de su ganadería nueva, con un hierro en forma de equis. Eran toros con sangre de Andalucía, de cornamenta astifina, cornamenta para la muerte, para el odio profundo y diabólico. Porque el toro ese es el mal, es el Minotauro de Teseo. (Después de los griegos, somos los españoles los que nos hicimos cargo de ese rito de lucha contra el Mal.)

Bebí, recobré el lenguaje de las corridas, brindé con el rejoneador triunfante, olí otra vez el aroma dulzón de los excrementos mezclados con la sangre de los caballos despanzurrados.

No era yo. Era un actor. Un histrión. Actuaba de español pleno, como si nada hubiera pasado. Tal vez, disimulaba.

Me acordé de los enormes cibolos, sin cornamenta casi, mal armados, ingenuos como esos regimientos de indios que había vencido Cortés.

Bebimos el vino de cepas riojanas que el marqués de

Oaxaca había hecho plantar en sus dominios en "Nueva España" (tenía 23.000 indios encomendados a su cristiana guía).

Era un hombre fuerte, entonces. Un cónsul romano en su apogeo. La mirada negra y brillante, astuta, sagaz.

Hagamos lo que hagamos, esto siempre termina en desastre. (Nuestra cínica suerte para vivir es olvidar la experiencia, lo que sabemos.) Ese Cortés ya nada tendría que ver con el que encontré en el Mesón del Moro, ya sobre la puerta de la muerte, ya con la mirada opaca.

En Veracruz donde debía embarcarme para España, pasé un tiempo fantasmal, como quien flota entre neblinas.

Se demoraba la zarpada, como suele ocurrir. Esperé en un mesón, con más de prostíbulo que de casa de comidas. Uno de los dos únicos que hay en el puerto. Ya había negros esclavos que cantaban y bailaban con tamboriles. Iban y venían las mestizas provocadoras. Gritos, risas, los martillazos y el ronquido de los serruchos de los carpinteros de costa. Los traficantes con sus fardos. El latigazo de los capataces. La marinería borracha y la mirada sin luz de los indios inmóviles, despojados, una mirada opaca (como esa de Cortés cuando me despidió en el Mesón. Su mirada era la misma, con opacidad de muerte. Era mirada de indio vencido, eso era.)

Pasé una semana en una hamaca tendida entre los postes que sostenían un tinglado de hojas de bananero, para atajar los furiosos y breves chaparrones.

Sudaba, allí hasta las mesas sudan. Al escampar, se levantaba ese vapor caliente que disuelve el alma, el propósito. Aquello era como las fauces de un gran monstruo febril, era América. En ese aliento de animal enfermo se disuelve toda idea de Dios o de Demonio. Todo se disgrega en la materia sin bordes ni definiciones: resolana, calígine, ruidos, y la permanente danza de los negros con las mulatas y mestizas que levantan sus enaguas y muestran muslos morenos, escurridizos de sudor, como delfines juguetones que se sumergiesen en el Caribe demorando nuestra ansia de verlos reaparecer.

Allí se beben alcoholes brutales, hechos de caña macerada.

Aquello ya nunca sería la "Nueva España", la repetición que quería Cortés. Será para siempre otra cosa.

En esa hamaca pasé un tiempo de sopor. Había arriesgado demasiado en mi aventura. Me había ido de la Casa y ya no encontraba el sendero del seguro regreso.

Me había arrojado en medio de la Creación. Con sus pócimas, los brujos tarahumaras, tal vez me habían hecho ver, o ingresar, en una dimensión donde ya no había muerte o necesidad —y posibilidad— de salvación. Me habían enseñado a estar, como estaba allí en la hamaca: echado en el manto de dios, del mundo.

Sentí que volvía a una vida de seres profundamente enfermos y que la misa solemne y la corrida de toros eran dos caras de un mismo tronco.

Como una revelación, *sentí* que los cristianos somos grandes desdichados, verdaderos herederos de Adán, el Expulsado.

Nuestras iglesias, nuestra religión, no son más que hospitales para almas profundamente enfermas. Y nosotros, los enfermos, arrasamos los pueblos en nombre de la salvación.

Duljàn, los tarahumaras, el esplendor de Ahacus en la noche; me habían dado los signos de algo distinto, de una verdad que yo no podía comprender o descubrir. Apenas la intuía con la torpeza del ciego que busca la puerta donde sólo distingue apenas un resplandor.

Estuve en los jardines exteriores del misterio, de una posibilidad, que mis connacionales destruyen sin entender.

TENDIDO EN AQUELLA MOLICIE TROPICAL CREO HABER COMPRENDIDO ALGO TERRIBLE; algo que escapa a la visión normal que tenemos de nuestro mundo, de nuestra historia. Lo diría con estas palabras: *En donde nosotros entrábamos el mundo inmediatamente perdía su inocencia.* Éramos como una mancha que se extendía más allá de nuestra voluntad, de nuestra capacidad militar. De este modo daba lo mismo lo que hiciera Cortés o Pizarro o Alvarado o ineptos como yo —que soy un mal militar— o cualquier capitán improvisado que se cree un Aníbal. Los americanos, los aborígenes, quedaban derrotados ante nuestra simple presencia, antes de que entren a actuar la cruz y la cruz de los puñales.

El Demonio nos precede, hagamos lo que hagamos. Seamos un Pizarro o intentemos, como en mi caso, defender que "sólo la bondad conquista". Ahora, según he leído, a los doctores de Salamanca se les dio por hablar mucho de la palabra cultura, que antes sólo se aplicaba cuando uno hablaba de repollos o de huertas. Pues bien, creo que hay algo que nos precede y es esa "cultura". Sospecho que tiene que ver con el Mal, que es una esencia perversa e invisible, difuminada en nuestra forma de vivir.

Al anotar esto comprendo que estoy avanzando por caminos muy peligrosos, que sólo podrían llevarme a la hoguera inquisitorial, ¿pero qué puede asustar a un viejo que ya apostó y perdió?

No vencíamos nosotros sino ese invisible Demonio...

Muchas veces me incliné a pensar que ese poder que desarmaba a los indios antes del juego de armas, provenía de la verdad de nuestra fe y del poder de Nuestro Señor. Pero luego desistí: su palabra es de vida y de salvación y no de exterminio y muerte. En nuestra religión existe el bien de nuestro Señor y los santos, pero también el mal. Y es el mal que prevalece en nuestra cultura. Era el Demonio, esa sombra que nos precedía. Pienso que nuestra maldición no es otra que la de los judíos, de quienes somos herederos directos. Nosotros somos la reencarnación de ese espíritu destinado a sembrar nada más que tristeza y muerte y desprecio de la vida misma, de la vida tal como la dio Dios, el Dador de Vida, como lo llaman los poetas mexicas.

No, los americanos no tienen nada que ver con aquel Pecado Original. Y sin embargo nos empeñamos en cónvertirlos en pecadores, en seres caídos que nuestros curas y obispos tienen generosamente que salvar. Fuimos como el médico perverso que enferma al sano para poder curarlo y justificarse.

Ese era el morbo que nos precedía. Las armas eran innecesarias. Bastaba la proximidad de nuestra enfermedad y pueblos enteros desaparecían en la nada.

No, los americanos no tienen nada que ver con Adán. Ni con Sem, Cham y Jafet. Somos sólo nosotros quienes los hemos sacado de la eternidad y les hemos metido el sayal de los pecadores.

Hemos sembrado el morbo. Les hemos robado para siempre la paz del alma.

Este y no otro fue mi "famoso secreto" que llegó a oídos del César Carlos V. Un secreto inefable, que sólo me daría el calor de la hoguera. Un secreto para *nosotros*. O para hombres de otra época, no de ahora. Un secreto inútil, como casi todo lo mío.

Ellos, los indios, simplemente estaban en la vida como estos gatos que enigmáticamente especulan por las azoteas de Santa Cruz. Nacen, padecen, gozan, engendran, desean, mueren. En un continuo sin griterío ni sorpresas (¿quién inventó la palabra tragedia?). Hay algo profundamente justo, digno y admirable en estos gatos que me recuerdan a aquellos hombres del llano.

¿Siempre habrá bárbaros? ¿Siempre vencerán los bárbaros? ¿Será no más como dicen los tarahumaras que el paso del hombre por la vida no es más que la carrera hacia la catástrofe? ¿Que todo cae y se degrada?

Zarpamos de Veracruz el 10 de abril de 1537.

CUARTA PARTE

Los inesperados signos de vitalidad se repiten. Bienvenidos sean. Cuando uno habla del Salón y de que nos preparamos para saludar e irnos, aparece la renovada fuerza de la vida, la voluntad desconcertante de seguir de esta parte, de no pasar todavía aquel Portal en el desierto que tanto preocupó a Cieza de León.

Mi orina es fuerte: me produce un escozor casi ardiente. En la última semana he vuelto a despedir sangre. No se lo cuento al doctor Granda porque inmediatamente me hablaría de "mucho vitalismo" y me recomendaría sosegarme con sanguijuelas o hasta con alguna sangría.

La ciencia está avanzando a un paso inaudito: en las últimas tres décadas se supo del cuerpo, de la vida, del mundo y del universo, más que desde el nacimiento de Cristo. Un caso notable es el de Miguel Servet que bien vio cómo es esto de la sangre en sus vueltas por el cuerpo. Los atroces calvinistas lo condenaron a la hoguera, ¡como si pudiese haber alguna oposición entre la enseñanza de Dios y la realidad del mundo y la de sus seres creados!

Rara es la mañana en que no me despierto molestado por la rigidez de mi pene. Durante los sueños se transforma en un arma maravillosa que me demuestra ese aludido vitalismo, casi juvenil. Muchas veces, cuando ya sube doña Eufrosia con el tazón de chocolate que es mi único desayuno, no desarma y debo esconderlo

187

como puedo, como hace el asesino con la daga de sus crímenes.

Vivo como viejo, pero tengo sueños veinteañeros. Hay hombres que quedan pegados a su juventud. Otros nacen ya viejos, como Oviedo, el dueño de nuestras historias.

Uno de los poetas amigos de Bradomín, un ciego de apellido portugués o marrano, que es el más sutil de todos ellos, dice que la palabra "viejo" es una invención. Antes de los moros en España, los hombres morían de guerra, de suertes de coraje, de accidentes banales o por mano de algún cornudo enfurecido. Si alguien encanecía y entraba en muchos años, no se le decía viejo, sino afortunado o sabio. No existía esa desagradable categoría. El poeta ciego dice que los moros trajeron la manía de los números y desde entonces, para desgracia, se cuenta todo de diez en diez, incluso la vida de los hombres. Se termina por creer en la cifra y no en la verdad. Y volviendo al ejemplo: el Oviedo, que a los veinte años era ya un cagón incapaz de empuñar otra cosa que plumas salmantinas, resulta que sería un "joven"; y Cortés o Pizarro, en México y Perú, en el apogeo de su coraje, serían viejos, por cosa de números.

Retomando el tema: mi pene es un aldabón de esos de acero toledano que resisten a todo, al incendio de la casa, al saqueo de los moros, a los terremotos de Lisboa. Está allí, aquí. Cuando la casa queda derrumbada, sigue resplandeciendo bajo el sol. Responde al cuerpo y a los sueños, no a mi voluntad o educación de caballero de buena cepa. Muchas veces toma la delantera y me mete en la vida. Hay que seguirlo, sabe lo que hace.

En las últimas semanas parece dispuesto a moverme del exceso de contemplación literaria —memoriosa— a la que estoy dedicado. Se hace demasiado presente. Incluso he adelgazado mucho, porque absorbe muchas fuerzas, se ve.

ME PUSE EL TRAJE NEGRO DE CEREMONIAS (el aterciopelado, el mismo que llevé en el Auto de Fe). Contraté la carroza de los hermanos Fuentes, la misma con la que me llevaron ya un par de veces a la quiraca de Carmona y ordené ir hacia el convento de Santa Clara. Me presenté ante Lucinda bastante lozano, como si estuviese de paso hacia una importante sesión del Tribunal Supremo.

Le llevé un ramo de pimpollos y le dije que sólo pasaba para agradecerle la visita que me había hecho en casa, en un mal momento.

Me sentía sereno, no como otras veces. Hablé y procedí como debe ser: con la distancia objetiva de un hombre mayor dispuesto a recomponer y encauzar debidamente lo que no puede ser otra cosa que una amistad.

—Aunque tú seguramente no lo sabías, estaba yo muy mal en aquel momento. Tenía vergüenza de mí mismo. Tu visita me reconfortó y ¡no sabes la cantidad de cuartillas que he completado desde entonces!

—¡Vuesamercé me va a hacer sentir importante!

Como sabía que los jueves va de visita a casa de su tío, la invité a que antes pasase a cenar en casa.

A la mañana siguiente yo mismo fui al Arenal para

seleccionar gambas, mariscos y buscar las achicorias dulces y tiernas que dicen traer de Francia.

En las bancadas de los pescadores (deberían llamarse más bien de las moscas), hay que revisar con cuidado porque hacen trucos increíbles. Fingen que atraca una barca "recién llegada de Sanlúcar" y en realidad traen bolsas de pescado refrescado en el Guadalquivir, que en menos de un cuarto de hora hiede como moro atado a la noria. Engañan fácilmente a esas flamencas gordas que las familias de los enriquecidos indianos contratan para cocineras como signo de nobleza.

Me conocen allí de chico y algunos de esos truhanes sé que me llaman "el náufrago", como obvio sobrenombre por mis famosas desdichas marítimas.

A uno que me negaba la mala calidad de unos bogavantes, le dije: "Tú los conocerás de la playa, cuanto más; yo los vi debajo del agua...". Y no hubo más que discutir.

Gasté todo un mes de provisiones normales: centollas, gambas de las grandes, dichos bogavantes, unos ostiones para adorno. Berenjenas al ajo, las achicorias de Francia, setas para acompañar el vino de Alanís (hice llevar una damajuana). Del lado de los carniceros compré una pata mediana de cordero que doña Eufrosia rellenaría con pimentón y verduras y haría hornear en la panadería del judío de la Calle de la Vida. Encontré buenos riñones de ternera y sesos para freír, como entrada.

No mucho, porque los jóvenes de ahora son de poco comer o de comer esas cosas más bien delicadas. Es la moda.

Subí y bajé veinte veces las escaleras y por fin, pese a las protestas de doña Eufrosia, como la noche entraría tibia, decidí que se pusiese la mesa en la azotea, sacando los cachivaches y los dos macetones rotos. Al fin de cuentas, la mejor obra de arte que tengo para decorar mi casa es la visión de la Giralda. (No es poco para quien nació en un palacio con tallas de Monsegur y la famosa virgen de Formella.)

Yo mismo lustré con ceniza y arena los candelabros de plata, lo único de valor que me quedó de mi desastre y de las confiscaciones, cuando volví preso del Río de la Plata.

Fue un momento muy amable que sucedió a mis griterías con la intratable Eufrosia.

Lucinda se quitó la mantilla (va siempre tapada como toda dama o doncella de respeto) y doña Eufrosia la condujo hacia la azotea. Era un atardecer como sólo los puede dar Sevilla, cuando quiere.

El espacio se llenó con su aroma de mujer joven. El olor de su pelo lavado con agua de lavanda y secado al sol de la siesta.

La mesa estaba realmente bien: puesta con todo el esplendor residual de mi patrimonio. Incluido, aparte de los candelabros, el juego de cuchillos y tenedores de marfil, resto de mi ajuar de Adelantado. Para aliviar la tensión que causaría a Lucinda la amenaza de tener que emplear esos instrumentos, me apresuré a tomar con la mano las gambas servidas con limón.

Le mostré los carpetones donde guardo las cuartillas escritas. Tomé un poco de vino y entré en una hora maravillosa. Me encantó encantarla con mis relatos. Le conté especialmente lo que realmente no había escrito: cómo encontré en la selva paraguaya un vampiro del tamaño de una gaviota grande sorbiéndome dulce y serenamente la sangre de mi pie, cuando yo dormía en mi hamaca. Narré nuestra llegada al dominio de la bellísima y perversa reina Cuñán, con su corte de doncellas desnudas. Le hablé de los misterios del lago de Ipacaraí y sus atardeceres largos, donde se producen los colores del manto de Dios (es el único lugar de la Tierra donde es dado ver esta maravilla).

Brillaban los ojos de Lucinda, que apenas mojaba los labios en el vino fresco (había dejado las botellas sumergidas en el piletón del patio). Entonces me animé a contarle la única vez que yo había visto a Dios. Conté nuestra jornada desde la costa del golfo de Santa Catalina, en el Brasil, a través de una selva absolutamente desconocida, en dirección de Asunción.

Le hablé del río Iguazú que cae estrepitosamente en su confluencia con el Paraná. Varias leguas antes se oye en la noche el rumor profundo de las aguas. Hablé de las nieblas de espuma creando inesperados arcoiris, y de bandadas de loros y ararás. Águilas de cuello dorado y familias de monos pequeños, de colores, saltando entre helechos y estallidos de orquídeas. Enmudecieron los hombres ante tanta belleza. Se hincaron y surgió una misa extraña, necesaria, parida desde el fondo de nuestros corazones. Las palabras del hombre, le dije a Lucinda, surgieron para hablar de la tierra, después de la expulsión del Paraíso. El hombre no tiene la palabra justa para poder referirse a ese Paraíso que perdimos, o para referirse a la presencia de Dios —aunque sólo se trate de un asomo de su omnipotencia—, como pasó en esa ocasión.

—Por un instante, apenas una hora quizás, estuvimos en el portal del Paraíso Terrenal. Todos lo tenemos a esto por cierto. No podríamos, sin embargo, demostrárselo a nadie...

—¿Tratará Vuesamercé de escribirlo?

—No. Me tomarían otra vez por loco, o por idólatra.

Fue una larga cena feliz. Doña Eufrosia subió con la sorpresa que tenía preparada: una tarta donde se veía una navecilla de nuez en un oleaje de nata batida. Naufragando, obviamente.

Sosteniendo nuestros vasos de vino de Alanís nos acercamos a la pared baja que da a los techos moros de Sevilla y a la Giralda, tocada por luz de luna. A ese lugar lo llamo yo, venecianamente, la *altana*.

Lucinda estaba feliz, sus ojos sonreían. Más bien controlaba una placentera sonrisa permanente. Me elogió, elogió mis relatos. Dijo que se debía escribir mi vida. Que tantas cosas no podían permanecer en secreto.

Como no bebía, tomé su copa de vino fresco y la apoyé en sus labios. Una gota rodó hacia el delicioso hueco de su barbilla y me atreví a interrumpir su carrera con mi dedo (tan arrugado como sarmiento en viña de convento).

Lucinda echó su cabeza hacia atrás. Su mirada perdió el sendero de confiada alegría.

Siempre fui un pésimo seductor. Tuve torpeza de capitán de tercios o de cura enamorado de la sobrina. Cargo la suerte y adelanto el pie justo cuando no debo: o porque el toro no se arrancó o porque ya pasó de largo. A esto los franceses llaman con una palabra justa: ser *maladroit*.

Porque habiendo fracasado en esa caricia disimulada en intento de evitar el desborde del vino, no tuve mejor idea a continuación que tomarla por la cintura, como quien se dispone a caminar inocentemente por un sendero que no existía. En el breve instante que duró mi arrojo, esa cintura me transmitió una delicadeza y un calor inolvidables.

Lucinda se separó y se sentó contrariada, con el entrecejo fruncido. Se puso a jugar con la uña con la cáscara de nuez naufragada en crema.

—Don Alvar, Vuesamercé... Debe saber que pertenezco a un hombre. Se llama Jesús Mohamed, es con quien me vio aquella vez.

Sentí un dolor muy hondo. Se producía lo que yo temía, como tantas otras veces. La noche se desmoronaba en desastre. Sentí que quedaba desarticulado, sin fuerzas en los brazos y piernas, como un títere al que hubiesen aflojado todos los hilos. Me desplomé en el sillón.

—¿Es ese con quien te vi en el puente?

—El mismo. —Lucinda tenía los ojos húmedos, pero ya no de alegría. La luz de los candelabros tocaba lágrimas de angustia. —Es un hombre muy poderoso. Habría oído hablar de él. Maneja muchas cosas importantes del Arenal...

Comprendí la turbación de Lucinda. Ese Mohamed sería uno de los llamados "moros del Arenal". Banda de rufianes acomodados con jueces, alguaciles y comerciantes. Dedicados, además, a los tráficos más macabros.

—¡La hez! ¡La mierda! —murmuré. Entonces sentí que crecía en mí y me desbordaba una incontenible furia. (Ahora que lo escribo, comprendo que era algo ajeno a mí, un verdadero demonio invasor.)

Me abalancé hacia Lucinda. Ya no buscaba su cintura, sino su cara, para abofetearla.

—¡Que tú seas tan puta! ¡Tan miserable! ¡Atroz judezna!

Doña Eufrosia creo que llegaba desesperada. Pienso que Lucinda logró apenas contener mi brazo. Golpeé la mesa con la pierna. Cayó uno de los candelabros de mi madre. Estoy seguro —esas cosas se recuerdan en forma quebrada, como las pesadillas— que el gato negro que había estado observando desde el muro caldeado que da al Alcázar, pegó un salto y desapareció, como para librarse de aquella escena de taberna napolitana.

Ahora, sobre la blancura del papel, todo es ridículo y vergonzoso. No pude controlar aquella explosión. Soy un sexagenario con voluptuosas pretensiones. Un falso moralista, un católico irreductible.

La fiera de los celos me había transformado en un espantajo temible y ridículo. (Creo escuchar un golpeteo de dientes, mi mandíbula se movía tal vez buscando insultos, pero no salían palabras.) Lucinda se echó escaleras abajo y desapareció en la calle.

Empujé la mesa malamente. Se rompió la última fuente de Talavera. La voz de doña Eufrosia, vulgar, desesperada, queriendo imponer orden o componer las cosas rotas. En realidad estaba ridículamente, perdidamente enamorado de Lucinda. Hoy me atrevo a escribirlo después de una semana de horror.

Eché a doña Eufrosia. Estrellé la maceta de la rosa contra el tanque de agua.

Lucinda correría despavorida. Entonces me acordé de unos versos del cura jugador y peligroso que suele agregarse a los festines de Bradomín:

"*¡Ay, cuánto yerra*
delfín que corre en mar a corza en tierra!"

Me vi completamente ridículo. Una vez más la mal-

195

dita vida se metía. Metía su rabo cuando uno buscaba el sosiego de la recordación; cuando uno ya cree que es como los trajes que alguna vez vistió y que ya no queda espacio para sentimientos ni novedades.

De repente irrumpe lo que hay. Lo de hoy. Lo cierto y actual. Es como si de una patada en el trasero nos mandasen otra vez al centro del escenario, cuando ya estábamos serenamente despidiéndonos entre bambalinas.

¡Tener celos! ¡Estar enamorado indecorosamente de una judezna endiablada por un moro! Esto ya es demasiado.

ME DI A LA VILLANÍA DEL VINO. Inmoderadamente. Casi como para olvidarme de los frenos de mi orgullo gastado. Entré en días de una angustia casi juvenil: dicen que los viejos se transforman en seres frágiles y tontos como niños. Es verdad.

Caminé hasta la extenuación por la ciudad aliviada de los calores de agosto. Iba con excesiva frecuencia al bar de Lucio, para beber su excelente vino blanco junto a la ventana, observando los odios y amores de las moscas incapaces de descubrir el engaño del cristal.

Evito, como puedo, la gente conocida. Sobre todo los parientes: no hay que molestarlos con la evidencia de la caída.

Me agregué —con menoscabo de mi dignidad— a las dos noches de jolgorio y de ingenios verbales que habían organizado los poetas en el Mesón de Gutiérrez, en la calle de Bayona. De tanto dar vueltas por la Borceguinería y la calle de los Francos, terminé por cruzarme con el marqués de Bradomín, que me invitó. Ya se vendía su libro editado por su amigo de Barcelona, el vizconde de Calafell.

Era yo como una brasa ardiente. Sólo entre ellos me sentí un poco mejor, olvidado de mis obsesiones. Curiosos estos poetas, aunque viven en lo imaginario, y no en lo real, terminan por tener una extraña comprensión de las cosas y un intenso e inexplicable conocimiento de la vida. Uno termina por hablarles como a confesores que respetase.

Sin embargo son subversivos, resentidos y marginados de las decisiones de la verdadera vida. En cosa de fe, bordean la hoguera inquisitorial por su insolencia; en cosas de Estado sólo sirven como meros escribientes o como escribas para discursos de ceremonias. Saben de mujeres, pero más bien de putas. Conocen cosas de la sensualidad más por la imaginación que por la práctica (son sucios, malolientes y pobres). Escriben de amores sublimes y bucólicos, de pastoras griegas. Inventan esas cosas para deleite de marquesas o de señores con gota.

Pero crean una versión de la vida con sus disparates. Y esa versión no es más inverosímil que la de "la realidad".

Escandalizaban ese mesón, que es nuevo y decoroso. Hablaban sin escucharse.

Recuerdan, recitan, declaman. Citan. Divagan y vagan. Deliran. Beben, declaran, amenazan. Blasfeman. Sueñan utopías y glorias. No las viven, las inventan. Y como las cuentan con tanto ingenio, quedan más que vividas. Hacen de todos lo que sólo sienten ellos.

197

Son ferozmente egoístas, pero se pasan el tiempo haciendo justicia, calumniando, denunciando el egoísmo de los otros.

Discrepan con Dios. Le cantan y pecan. Pero al fin de cuentas son capaces de meterse a hablar de Él, porque a su modo creen, y hasta arriesgan hoguera. Platón se dio cuenta del peligro y de la fuerza de esta gente que amenaza en todas las ciudades, pero que tal vez sean imprescindibles, como el gusano que estalla en mariposa y limpia —además— la carroña de los muertos.

Habían organizado un descomunal festín de mariscos frescos y cochinillos de teta. Aunque el libro neonato presidía la mesa, me ubicaron según mi alcurnia y verdaderos títulos junto a Bradomín, con sus largas barbas finas y canosas de viejo, y su frente despejada, de herético. A mi otro lado estaba el cura de olvidado apellido vasco, que siempre habla de toros y de mitologías.

—No me sale nada católico —me dice—. No soy yo. Es el lenguaje que encuentra esas confusiones, templos, esplendores...

Generoso, elogia mi libro de *Naufragios*.

—Vale más por lo que Vuesamercé oculta que por lo que cuenta.

La mesa se completó. Llegó el poeta ciego golpeteando con su exagerado bastón de fresno. Cuando le conté, la vez pasada, las cosas del Paraguay y de aquellos lejanos ríos, me mandó, al día siguiente, unos versos agradeciendo mi relato. Hablaba de unas carabelas mecidas en un río de sueñera y de barro. Magia inconsciente y tal vez involuntaria de los poetas: la palabra sueñera me transportó a la cubierta de la nao *Comuneros* en la que me habían embarcado, vejado y prisionero, para exportarme a España. Esperábamos buenos vientos en un paraje que llaman Tigre, por la cantidad de esas fieras que bajan en los camalotes, como islas flotantes y que se acumulan en esos lugares cercanos al aldeón de barro llamado Buenos Aires.

Efectivamente, fueron días torpes, perdidos en la sueñera de luz y aire tibio.

En algún momento de la infinita cena habló el vizconde de Calafell, el señor Barral. Dijo disparatadamente que el arte debe seguir su curso "sin que nadie ose buscar en él la palabra del demonio". Se refería claramente a la Inquisición. Todos lo aplaudieron entregadamente, incluso el cura, paganizante que estaba a mi izquierda.

Bradomín pronunció un interminable discurso. Me elogió como "hombre de armas humanistas, más digno de la clara Italia que de esta sepulcral Iberia".

Se brindó por su libro. No una copa, sino varias botellas. Bradomín se volvió hacia mí y me dijo muy seriamente:

—Sé que está preocupado por mi flacura. Eso se debe a la pérdida de mi brazo en México, hecho del cual Vuesamercé fue testigo —fabulaba—, sólo me quedó el miembro educado para alzar la copa y beber. El que perdí era el del tenedor...

En esa noche surgió en mí la pasión criminal. El deseo de matar, de librar al mundo de alguien que consideramos nefasto, se establece repentinamente, como una obsesión.

Los poetas habían bebido demasiado. Yo mismo, sin estar mareado, estaba excitado por el vino que tomaba de continuo. Algunos se despidieron, otros formaron un grupo dispuesto a derivar por las callejas de Sevilla buscando las casas de juego, los prostíbulos y otras tabernas.

Se extrañaron de verme, por primera vez, agregado a semejante cruzada nocturna.

Los poetas se debatían en incesantes discusiones. En la esquina de Sierpes y la Pellejería estuvimos esperando largo tiempo una decisión. Se resolvió finalmente bogar en todas direcciones. Pasamos primero por mi barrio, hacia la calle del Agua, del lado de las casas del obispo de Esquilache, donde hay putas mozas e independientes, que según ellos decían, lo llevan a uno a sus propias moradas y atienden en sus cuartos, ante la indiferencia de sus degradadas familias y de sus maridos-chulos.

Era un espectáculo bastante triste de ver. Arman unas hogueras indecisas y en esa temblequeante luz se aparecen las mozas, generalmente judías o moras. Hay allí más enfermedad y pena que jolgorio y sensualidad. Perdimos en ese frente un solo escriba, cuyo nombre no recuerdo. Un hombre triste y maduro, que si lleva en su cuerpo algún recuerdo de caricia de mujer, lo debe llevar marcado como cicatriz reseca. (Escribe, me dijo, una Crónica de Amores Tardíos.)

Mi fin no era otro que seguir con paciencia por esos resumideros morales de la Sevilla de los tiempos del oro, y poder aproximarme a mi objetivo, el feudo de Jesús Mohamed.

Pasamos por el barrio señoreado por los tahúres. Una sucesión de casas de juego, muchas de las cuales, dicen, son propiedad de personajes encumbrados y hasta de religiosos. Allí se juega de todo. Se ven soldados recién llegados de América burlados por tramposos que se quedan con el oro y las perlas frescas, todavía con sal del Caribe.

Alcanzamos el Compás de la Mancebía, imperfectamente cercado con tablones.

Mundo infernal de seres degradados. Duquesas cojas que arrastran plumas enfangadas, mulatas desnudas recién compradas en el mercado que regentean los holandeses. Señoras "serias" y de habla superior que se acercan para conocer la intención de los caballeros. Mundo de la alcahuetería y de las casas llanas. A una de esas falsas damas con alcurnia de permanganatos le dije:

—Soy amigo de Jesús Mohamed. —La mujer se esmeró para llamarlo. Gritó y su voz encontró eco en innúmeras gargantas.

—¡Omar Mohamed, Omar, Omar!

Se veía que el Jesús era el nombre diurno y administrativo, nombre de conversión obligatoria, que por las noches era reemplazado por el legítimo y moro Omar.

Venía conmigo el poeta ciego, que más bien siempre

monologaba perdido en sus imaginerías, el cura que ríe y bromea con cuanta puta encuentra y dos otros cuyos nombres no recuerdo.

La Mancebía es un laberinto. Nos internamos hasta la "casa grande" que era algo así como el cuartel general de los rufianes. Había un gran patio con macetas y en el fondo estaba, entre otros, el individuo que vi en el puente.

Sentí una violenta tristeza (si es posible aparear estas palabras).

Difícil creer que después de tantas décadas nos quede espacio para ese tipo de pasiones.

El Omar Mohamed tenía esas botas con ribetes plateados que ahora usan los soldados afortunados y una especie de camisa negra. Me bastaba verlo. Mis acompañantes tomaron aquello, seguramente, por manía de borracho. Esa entrada en la Casa Grande se agregaba al vagabundeo inconsistente de los poetas. Nadie me pidió razones. Y logré que nos retirásemos sin que ese forajido reparase en mí.

Sería fácil matarlo. No alcanzaría a desconfiar de mi proximidad. ¿Quién puede temer a un viejo señor venido a menos?

Algunos me han querido tener por santo o por místico. Curioso hecho. Sentí en mí batir la vena del asesino, vena tan legítima como cualquier otra. Tal vez seamos alternativamente santos y demonios. El Señor lo sabe.

Merecemos su mal trato, su desprecio.

¿Hasta cuándo cuidarse de morir? ¿Cuándo empezar a vivir como si fuésemos a morir este viernes?

El peor signo de esta tentación es cuando ya renunciamos a las formas que corresponden a nuestra posición y estamento. Se establece la verdadera libertad que sólo nace o es posible en el borde de la muerte y del absoluto. Una extraña *comodidad* se afirma en quien pueda llegar a estos raros extremos. Se pierde temor. ¿Si moriré el jueves, por qué no ahorrarle antes al mundo un ser como Omar Mohamed?

Nos quedamos caminando con el poeta ciego hasta el amanecer. Fuimos a uno de los tenduchos del Arenal, donde preparan chanquetes y boquerones fritos y uno toma el mejor vino de Montilla. Extraña sabiduría destila ese ciego que tiene un esclavo contrahecho que alternativamente escribe lo que el poeta le dicta, pues es letrado y además cumple la misión de todo lazarillo, de guiarlo entre la inmundicia de las calles de Sevilla, y controlar que le sirvan la comida sin embaucarlo. El poeta lo trata con toda dureza. Lo suele avivar con un sólido golpe del bastón de fresno en las costillas flacas. De vez en cuando le arroja un boquerón, dádiva escasa de poeta pobre, que el lazarillo come con avidez perruna. Váyase a saber si en su oscura alma esteparia no alienta la ambición insensata de creerse poeta él también.

Acevedo, que así se llama el ciego, habla con una intimidad ajena a hombres de verba poderosa o ingeniosa, como Bradomín o Nalé. Es más bien propenso a la sabiduría y a una reflexividad que es extraña entre los vates de la tribu ibérica.

Volví a contar la experiencia de los gigantescos saltos del río Iguazú. Y como el ciego es seguramente marrano, se interesó cuando le dije que todos esos cristianos que nos habíamos hincado ante tamaña maravilla y rezado y cantado un improvisado Te Deum, habíamos sentido la presencia de Dios como una inesperada aparición.

—Era, Acevedo, el Dios grande, el Dios de Isaac y de Jacob. Y era indiscutiblemente Dios quien estaba allí entre los arcoiris, los estallidos de espuma fresca y las bandadas de pájaros de plumaje enjoyado, ducal.

—¿No lo habrá visto sólo Vuesamercé a ese Dios y los demás no se hincarían por obediencia y respeto al jefe? —me preguntó con cierta sorna muy velada.

—No. *Estábamos* en una misa. Lo unánime se siente. El grupo, cuando se congrega en torno a un sentimiento compartido, segrega un alma de todos, un espíritu grande... Yo lo sentí claramente. Era Dios, el Dios grande. Los dos curas que venían con nosotros parecían sólo monaguillos...

Comimos la fuente de chanquetes. Bebimos casi otra botella. Estábamos rodeados de rufianes, putas y aventureros, que es como decir, el alma de la España de ahora...

—¿Se da Vuesamercé cuenta?: entre este plato de chanquetes fritos y otro, en otro mesón al que nos pueda llevar el azar de una hipotética caminata, puede estar, modestamente, mi muerte en el medio...

Acevedo me habló de un sentimiento que conozco. Saber que cerrar una puerta o pasar frente a la Catedral puede ser el último acto. Sentirse en estado de despedida del mundo. Y saber que entre un acto banal y otro, entre cerrar la puerta y rasurarse, puede estar nuestra muerte, el fin de nuestra existencia, que es a su vez el fin del mundo (pues no hay una catástrofe improbable de todos, sino la segura, silenciosa, de nuestra muerte).

Filosofamos así hasta que empezaba a deslizarse la luz del alba. Luz neblinosa.

Tomé mi daga, ya que Acevedo no veía y el lazarillo yacía tendido entre las patas de la mesa como un galgo soñoliento. La observé detenidamente. Tiene la autoridad de quien puede actuar sin dudas. La autoridad callada del verdugo o del guerrero. Ser rígido, con la mínima y necesaria flexibilidad de su temple de las acerías de Bilbao, para no quebrarse en el choque. Era la daga del abuelo Vera, con un pasado de inconfesadas muertes. Había dormido muchos años, como quien deja correr a su lado la frivolidad de la vida hasta el momento en que tiene que reingresar en ella, en lo cotidiano, por la puerta del crimen, del coraje o de la hazaña heroica.

Como todas las armas, ejercía cierta fascinación. Uno se queda mirándolas, sopesándolas. Están cargadas de esa trágica convicción que a veces flaquea en nosotros.

Acevedo salió de su aparente somnolencia. Pegó un golpe seco con el bastón que resonó en el costillar del dormido lazarillo y ordenó:

—¡Vamos! ¡Levántate y anda, perro boreal con tus ojos de lince!

Como volví ya con la mañana hecha, encontré en la calle Pimienta un revuelo. Doña Eufrosia había alarmado a todos con mi desaparición. Dijo que me podrían haber asaltado los gitanos y moros que andan en gavillas. Dijo que yo "andaba tan mal que podría haberme muerto de un soponcio". Estaban los judíos de la panadería, con su gato barcino, el talabartero lezna en mano y los chiquillos desharrapados de la cuadra. Un verda-

dero escándalo. Entramos gritándonos mutuamente
con la bruja Eufrosia que pretendía vengarse ¡enjare-
tándome un tazón de caldo!

PELIGROSO VITALISMO. Se traduce en exceso de sangre que
pierdo todas las mañanas. Apenas si puedo dormirme
un par de horas. Enseguida me asaltan pesadillas insoportables (insoportables porque son realidad): Lucinda
aparece desnuda, con el cuerpo irrealmente moreno,
con la cabellera suelta, temblando de amor y deseo
sobre el cuerpo de Mohamed, cargado de serena autoridad erótica. Son visiones de horror. Veo todo, veo
detalles.

Al mismo tiempo experimento cierta serenidad. La
daga es como un extraordinario remedio esperando su
trabajo de purificación. Es distante y serena como un
ángel exterminador.

He dispuesto no abandonar el relato, que ya es memoria invadida inesperadamente por vida actual. Ano-
taré todo: lo que no dije de mi pasado y de mis
anteriores naufragios y los pormenores de este penúltimo naufragio que seguramente me llevará por primera vez a matar un ser despreciable con mi mano. (Soy ya
muy pobre como para permitirme el lujo de tener mi
propio verdugo, como el duque de Alba o el Medina-
Sidonia.)

He dividido mi tiempo. Escribo sosegadamente en la
azotea y salgo al atardecer, según planes previos, para ir
cercando, acechando, a quien deberá morir.

Escribí con inesperada serenidad durante esta larga tarde de lluvia, contando el regreso a España, rememorando aquella Sevilla en fiesta y el origen de mi gobierno —o desgobierno— en el Río de la Plata.

Naturalmente tuvimos durante el regreso de México el obvio naufragio, que pudo haber sido el último por la violencia del mar. (Terminé por tener la convicción de que se trataba de un problema personal mío con Neptuno.)

Habían muerto mis padres. La gran casa, sin ellos, era una caracola abandonada entre arenas. Tamaña pena fue aliviada por la vanidad satisfecha. Alguien había hecho de mí un héroe; con la misma superficialidad con que a mi forzado regreso del Paraguay me convertirían en un demonio.

De Sevilla viajamos en ocho días a Toledo, donde estaba por entonces la Corte. Debía ser el año de 1537. Y era un momento especial para recibir a quien "en diez años de andanzas no había matado un solo indio". Había una efervescencia humanitaria en la Corte, en los legados pontificios, hasta en los altos funcionarios del Consejo de Indias, que nada tenía que ver con la brutalidad de quienes yo había visto actuar en Sinaloa y Tenochtitlán.

Yo pasaba a ser el protagonista viviente y ejemplar de la encíclica *Sublimis Deus* que el Papa había informado *urbi et orbi* en el mes de junio de ese año. Se establecía allí que los indios eran hombres, que había que respe-

207

tarlos y tener su palabra en igual valor que la de los cristianos de España y que era delito privarlos de libertad.

La Teología había hecho lo suyo, era verdad. Pero, como el Espíritu Santo, se había quedado en lo alto sin tocar la realidad de la tierra.

Había un clima tan extraordinariamente humano, que en mi relación ante la Real Audiencia me permití señalar que en dos mil leguas recorridas y en diez años entre los indios aquellos, no había visto un solo sacrificio humano. Y agregué, para el Emperador, aquello de que "sólo la fe cura, sólo la bondad conquista".

Lamenté que mi madre, Teresa, no viese mi gloria cortesana. Desde los tiempos, más primitivos, de mi abuelo Vera, no se había visto tan en alto el nombre de nuestro linaje. De repente los parientes pobres logramos hacer reverdecer empolvados laureles, enmohecidos prestigios. Llegué a Sevilla como el conquistador de un reino imaginario: sin ciudades que repitan los nombres de las de Extremadura, sin tributos ni encomiendas de indios esclavizados con el hipócrita justificativo de la salvación y de la cristianización.

Todos mis parientes me enviaron mensajeros con invitaciones para comidas de alcurnia, juegos o bailes organizados en mi honor.

Los Estopiñán, los Saavedra, los Esquivel y toda la parentela del duque de Arcos. E incluso otros, como los Guzmanes y los de Medina-Sidonia, como los Monsalvo y los Santillán.

En mis acechos nocturnos, paso delante de estos palacios que alguna vez se encendieron con todos los cirios de Andalucía en noches para mí. Reveo, imagino, aquellos fastos, aquella gente lujosa en los salones. Hoy casi todos son ya fantasmas y sus herederos nada querrían saber de este viejo que volvió en cadenas. Aunque te absuelvan, el desprestigio y la calumnia te sobreviven.

Si intentase entrar, los lacayos me cerrarían el portal en la cara. Soy un fracasado, historia pasada.

En aquel entonces hice fiestas espléndidas para hombres de armas y leguleyos de Corte. Pagué regimientos de moras sensuales que bailaron hasta el alba sacudiendo sus cabelleras y ancas de leonas. Ofrecí vinos de Francia. Me enamoré de una prima casada con un alguacil aburrido. (Fui incapaz de secuestrarla y de huir con ella, que me esperó con una canastilla de joyas y dos esclavas "para que la peinasen a la mañana siguiente".)

Bebí la magia de Sevilla. Pequé con alegría, me redimí los sábados, como en la infancia, cuando mi madre me esperaba a unos pasos del confesionario donde yo inventaba pecados para no desilusionar al cura.

Tuve otra gitana, de ojos muy negros. (Porque la mora de mi juventud primera se había casado con un sastre converso y se dedicaba a coser ojales.)

Conocí la fiesta de la vida. La Sevilla del triunfador.

En una de esas noches, en una gran fiesta en el palacio de los Dueñas, me presentaron a un verdadero conquistador, a Hernando de Soto. Volvía yo de una discusión con mi prima en uno de aquellos patios floridos donde el aroma de los jazmines puede emborrachar al íncauto, cuando vi a ese personaje instalado en el salón.

Había sido uno de los tres capitanes que estuvieron en la escandalosa matanza de Cajamarca. Cuenta a su favor que no dio su consentimiento para el innecesario asesinato del Inca Atahualpa. Volvió con 180.000 ducados de oro. Se lo halagaba. Tenía la necesaria crueldad del soldado que extiende el Imperio. Era de la raza del duque de Cádiz o la del de Alba.

Criaba terribles perros. Sus mastines bravos eran famosos. Nacían despreciando el olor a indio y a negro. Nadie se explica bien cómo se las ingeniaba para educarlos en descubrir y despedazar "la gente que reitera prohibidas idolatrías" y los sodomitas. Sus perros tenían un severo juicio en cosas de moral... También criaba caballos de guerra, aptos para el difícil terreno de América, y era un honor montar en jacas de su cría. Su domador en Perú fue el hoy famoso Lope de Aguirre, un rengo temible, que acaba de declarar guerra a nuestro Rey fundando, no se sabe dónde, el "reino Marañón". Pero el fuerte de Soto es saber criar perros bravos, lebreles feroces, parientes de Becerrillo y de Leoncico, grandes despedazadores de indios.

Soto me esperaba con interés. Nos apartamos en un rincón del jardín florido de la casa de Alba. Los moriscos nos servían ese espumante de Francia, muy famoso. Mi despechada y enamorada prima lloraba rodeada de sus niñas de compañía.

—Creo que tendremos que coordinar nuestras fuerzas —me dijo—. Se sabe en la Corte que os darán el mando como Adelantado en Florida...

Así me enteré de una posibilidad que bien hablaba de mi prestigio, pero que me resultaría inaccesible: era el único conquistador peatón. Ni siquiera había sabido conservar las cinco esmeraldas de Sinaloa.

Hernando de Soto, que sabía seguramente de mi escaso peculio familiar como para montar una flota conquistadora, consideraba que podríamos hacer un acuerdo. ¿En qué podríamos llevarnos de acuerdo nosotros?

Me limité a escuchar sus proyectos de grandeza y poder. Entonces comprendí que estaba convencido de que efectivamente yo había visitado las ciudades de oro de Quivira. Creía que ese "secreto que no contaría ni al Rey" era realmente el conocimiento de la ubicación de un imperio fabuloso. Su única ambición era el poder y la riqueza. Creo recordar que hasta me propuso el mando compartido y repartió las ciudades imaginarias que como son siete, número impar, ponía en dificultad la división por dos en sus cortas matemáticas.

Se sentía dueño del mundo sin saber todavía que en su ambicionada Florida encontraría las fiebres que lo llevaron a la muerte y que descendería el Mississippi dentro de una encina ahuecada, enviado hacia el mar por el cual vino, por sus propios hombres, que quisieron evitar que los indios se indigestaran de tan peligroso coraje.

Vendí la casa de mi madre y las abandonadas posesiones de Extremadura. Pero mi dinero era insignificante para armar una flota como la que requería La Florida.

Hernando de Soto inventó la alternativa: con mis escasos recursos y su préstamo ya podría conformar la relativamente modesta suma de ocho mil ducados para comprar el derecho a suceder a Ayolas como Adelantado en el Río de la Plata, en el Paraguay. Soto pondría también el dinero para las naves y bastimentos que requería aquella expedición a las tierras pobres del Imperio. A cambio, yo cedería ante la Real Audiencia todo derecho a ser titular en La Florida.

Soto procedió honestamente y con largueza: solventó la expedición de su ruina y la que significaría mi fracaso y prisión. El destino o Dios juega con nosotros más bien concediéndonos lo que ambicionamos con tanto desvelo. Hernando de Soto partió en busca de las Siete Ciudades con una rumbosa armada. Llevaba sus perros, sus caballos y la cruz-horca, para que los infieles e idólatras aquellos fuesen enviados a mejor vida colgados de un brazo de esa cruz que recordaba la infinita bondad del Cristo traicionado.

Cieza de León fue el único que sospechó la existencia de las ciudades secretas, del "mundo de arriba". Muy de niño habían llevado a Cieza a las Indias. Conservó un ojo prístino, porque lo que se ve y vive en la infancia suele transformarse en amor. A su modo, se transformó en un "otro". Ni tan español ni indio.

Padeció a los Pizarro y a los Almagros en sus correrías, búsquedas de oro y guerras fratricidas. Le gustaba recorrer solo, con su caballo, los pueblos de indios, sus templos y monumentos. Solía ir desarmado. Vio el horror de las violaciones de las vestales del Sol en el

Accla Huasi de Cuzco, aprobados solemnemente por el atroz Valverde.

Asistió a aquel famoso partido de mus, cuando se jugaron el disco gigantesco de oro del Coricancha, el dios Inti. Fue una partida muy peleada. Ganó Mancio Sierra de Leguizamo. Un hombre muy bruto que se echó a dormir, borracho y feliz en su triunfo, sobre el enorme disco sagrado. Al día siguiente lo hizo serruchar para fundir lingotes y poder cargar las mulas...

Nos encontramos un par de veces con Cieza aquí en Sevilla. Vivía a un paso de esta azotea, en el palacio de los López de Abreu. Se había casado con Isabel y era feliz, escribía sin rencor ni acoso, sin saberse poeta, lo cual es un alivio: no se intenta perfección literaria alguna.

Hablaba de cumbres altísimas, de magnitudes desconocidas en Europa. Cimas donde las nubes vuelan y se desgarran entre picos como lanzas. Descubrió y recorrió maravillado las avenidas de lajas que los Incas construyeron en esas alturas como una gigantesca serpiente o espinazo que unía su imperio de norte a sur, hasta el Tucumán. Durmió en tambos y en templos. Cruzó rabiosos torrentes y abismos, por puentes colgantes que obligaban a vendar los ojos de los caballos.

Alcanzó las regiones más secretas, el mundo de arriba. Sedes edificadas por los Fundadores, según dijo. "Los hombres que conservan la memoria de la conexión divina de los pueblos." Llegó a Tiwanaco, o Tiahuanaco, donde los españoles encontraron estatuas de dioses gigantescos y, considerándolos demonios o entidades nefastas, procedieron a "fusilarlos" con sus mosquetones.

213

Cieza me habló de enormes palacios de piedra con pórticos más grandes que los de nuestras mayores catedrales. Escalinatas de mármol que suben hacia plataformas donde se celebraron ritos ya perdidos y donde moraban esos dioses de piedra que los nuestros fusilaron...

Cerca del mar o lago Titicaca encontró extraños seres, de sangre negra y fría, que sólo viven para recordar que hubo un tiempo del "Sol vivo". Son restos de pueblos primigenios. Fueron ellos que le dijeron que Tiahuanaco había surgido en un solo día; con todos sus templos de piedra tallada.

Cieza me dijo que esos indios se llamaban *uros*. No querían imponerse sobre nadie, casi no resistían a nada. Sólo pretendían no ser como nosotros...

Cieza sabía lo que Cortés había sólo sospechado en su triste agonía: que nosotros no hemos descubierto ni conquistado. Sólo habíamos pasado por arriba. Habíamos más bien cubierto, negado sin conocer, amordazado. Nos mandaron a imperar. Eso hicimos, nada más. No fuimos a descubrir, que es conocer; sino a desconocer. Depredar, sepultar lo que hubiese. Avasallar silenciando, transformando a todos los otros en ninguno. Señoreando, por fin, en un pueblo de fantasmas, de *ningunos*...

Cieza me sorprendió con una de sus consideraciones. Me dijo que aquellos incas no sólo hubieran merecido seguir viviendo sino que eran una civilización, "independiente y altiva" como la de Roma; tan capaz del mal y del bien... Pero que no podrían haber enseñado a repartir más cristianamente las riquezas que nosotros. Me contó que tenían enormes depósitos de comida para los años malos, y que las viudas, los niños y los viejos eran alimentados por toda la comunidad, sin que se les condene a los más débiles de la sociedad al hambre, al olvido o a la miseria como en nuestro "cristianismo de obispos prepotentes y duques y capitanes sin alma"...

Me contó cómo en un amanecer memorable, encontró a una tribu o familia de uros, secundados por otros indios despersonalizados y silenciosos como fantasmas, entregados a la tarea de alzar una puerta de piedra monolítica que nuestra tropa había derribado. Habían hecho un gran andamiaje con cordeles y pértigas y en un esfuerzo supremo y aunado lograron alzarla nuevamente en un pedestal.

Era un increíble pórtico tallado en una sola piedra. Se erguía ante el páramo, afuera del sitial de los templos. Se veían figuras regimentadas de hombres con rostro de tigre y de pájaro. Seguramente guerreros y visionarios poetas, las estirpes que mandaban en estos pueblos.

Un portal en el desierto, orientado según la marcha del Sol o de algunas estrellas. "¿Qué significa? ¿Adónde lleva?", se preguntó Cieza. ¿Quién pasaría, o quién llegaría a través de esa puerta plantada en el desierto más alto del mundo?

EL EMPERADOR ME DIO EL MANDO DEL RÍO DE LA PLATA. Por fin podría coronar mi deseo oculto. El 18 de marzo de 1540 fue un día claro y despejado en la Villa de Madrid. El Emperador despachaba y al fin de la mañana firmó mi nombramiento de Adelantado, Gobernador

General del Río de la Plata.

La solemnidad de la Corte, el mal humor del Emperador, el ir y venir de los cartapacios y, en el mesón de la Plaza Mayor donde me alojaba, la maravillosa prima Esther, vestida con sus enaguas venecianas, esperándome.

Yo no era un hombre fiel al Imperio. Yo era un "otro" (ese otro que tanto inquietara al viejo Fernández de Oviedo). Tenía mi propósito.

Nombré toda una oficialidad de parientes. El nepotismo me ayudaría. Necesitaba más que la lealtad de buenos soldados, la sumisión de mediocres nombrados de favor. Yo no quería capitanes para sojuzgar indios. Mi objetivo era otro.

En diciembre partimos de Cádiz con la flota pagada por Soto y mi peculio escaso. A mi modo, como Cortés en México, yo también había barrenado mis naves: no quedaba nada de mi fortuna familiar. Sólo la tumba de familia en la iglesita de la Cartuja, donde mi abuelo Vera oró antes de lanzarse hacia los horrores de la cristianización de las Canarias.

Meses de fiestas y de acción. Contrataciones, bastimentos, estiba de aceite, vino y cruces. Discusiones de pilotos y mareantes. Delirios de cartógrafos convencidos de que la realidad tiene algo que ver con sus mapas. Hice estampar un nuevo escudo de familia en las grandes velas: una cabeza de vaca, tan imponente como la del cíbolo que decapitaron los guerreros del cacique Duljánal borde del "camino de las vacas". Hice hacer estandartes de seda con esa sugestiva cabezota de gran cornamenta. (Mi primo Estopiñán decía que había algo de siniestro en esa insignia. Otros criticaron que no hubiese yo —como era corriente— ordenado estampar el escudo de nuestro rey Carlos V).

Nada puede compararse a la excitación, la alegría y la grandeza de poner toda una flota a son de mar y lanzarse hacia lo desconocido. Somos muy pocos los hombres privilegiados con esa posibilidad que nos alza de la mediocridad y nos pone a prueba ante el peligro y la dificultad.

En la madrugada helada y neblinosa del 2 de diciembre partimos de Cádiz.

Pensé en mi madre. En lo alto del castillo de popa de aquella nao capitana que estrenábamos, ella me estaría viendo, feliz, plenamente instalado en el vuelo del águila.

No cabe relatar los detalles de lo que es tan conocido por libros de cronistas y expedientes de tribunal.

He anotado el episodio de aquel grillo que salvó a toda nuestra armada. (Me parece lejano ya el tiempo cuando Lucinda escuchaba mi relato con un brillo inefable en su mirada.)

Acevedo, el poeta ciego, se pasó largo tiempo dando vueltas al tema de aquel grillo en la mesa del festejo de Bradomín.

Dijo que nunca nos explicamos la necesidad de lo creado:

—Tal vez durante siglos y siglos Dios haya seguido haciendo esos estúpidos y gritones grillos para que uno de ellos, uno, salve a una flota española que se perdía entre los arrecifes por causa de un piloto equivocado y soñoliento, más tonto todavía que un grillo...

Lo cierto es que, cosa no habitual, pudo evitarse ese naufragio de la lista. A ese episodio lo señalaría como el

217

curioso no-naufragio de Brasil.

Alcanzamos viento en popa, llevados por los tibios alisios, la costa de Santa Catalina donde se recomienda hacer agua dulce, porque la hay en abundancia, y cargar piñas maravillosas, cocos y frutas dulcísimas que crecen en ese lugar bellísimo. Estas tierras (es una gran isla que corre a lo largo del infinito Continente) me estaban asignadas por disposición del Rey en la capitulación que firmáramos en Madrid. No necesitaría más para mi felicidad. Me apoyé en la regala del castillo de mi nao y vi esa costa dorada, de arena blanquísima, donde las olas morían dejando sucesivas coronas de espuma. Aquello era la más bella propiedad que podría haber recibido. Tímidamente los hombres —nuestros roñosos y heroicos marineros de España— se iban deslizando por los calabrotes de las anclas hacia ese mar de aguas tibias, transparentes, purísimas. Algunos se lanzaban con sus agujereados calzones de frisa y camisetas hediondas.

Tenían vergüenza de su intimidad, como criminales que esconden un arma. No resistí a la tentación de ordenar, a través del contramaestre, que se bañasen desnudos, como esos peces de Dios que se deslizaban entre esas benditas aguas.

Estábamos ya en las constelaciones de la Cruz del Sur, a unas 600 leguas del Río de la Plata, el río donde los indios se comieron al incauto Solís.

Veía desde lo alto del castillo de popa, en esa luz resplandeciente que enciende la blancura de la costa de solitarias playas, a la marinería chapoteando, nadando, gritando, alrededor de la nao. Los cuerpos, que nunca exponen al sol, parecían escuálidos batracios blanquecinos. En esas aguas transparentes, salobres, me parecía

218

que eran purificados, redimidos de una España, de una cultura, muy enfermas.

Recordé a Dulján, cuando se propuso "devolverme a la naturalidad del universo". Viendo a esos seres disímiles, algunos con malsanas barrigas, otros con escrófulas de la mala vida de a bordo, sentí una súbita piedad. Gozaban una alegría de colegiales en recreo, de presidiarios liberados.

Nunca como en ese momento sentí la revelación del absurdo de esa condición humana de los "civilizados", de los cristianos, que más bien viven a espaldas de su propio cuerpo y de la misma naturaleza.

Gritaban, reían, se intercambiaban groserías. Parecían intrusos en el sereno palacio de la Creación.

Vi que uno atrapó un pez de maravillosos colores, con cola en forma de penacho. Lo mostró, se rieron. Se lo arrojaron uno a otro como en un juego de pelota. Y no lo devolvieron después al mar. Lo arrojaron hacia la playa, para que muriese. ¿Por qué? ¿De dónde proviene ese impulso que a todos ellos parece natural? El pescado se sacudía, lo veía apenas. Sólo distinguía la arena que levantaba en los coletazos de agonía.

¿Qué profunda maldición cainita mueve a los hombres de esta arrogante "civilización" conquistadora?

Volví a la camareta con pesadumbre.

Pronto exigirían ser tratados como señores, pretenderían sirvientes y esclavos. Querrán su torpe paga, su América. No dudarán de su superioridad.

Estas notas recogen más bien lo inconfesado, lo íntimo. Siendo así debo decir que sentí una profunda sensación de ridiculez al ver la daga entre estos papeles destinados más bien a la recordación. La puse un poco aparte para que su gruesa hoja de acero, un poco aceitada para evitar la herrumbre, no manchase las impolutas hojas donde voy asentando mi recordación.

Es una lámina de acero hosco, de las fundiciones de Vizcaya. Tiene una estría profunda a lo largo del filo para que entre aire en el cuerpo del apuñalado y —si no se alcanza a la víctima en un centro vital— ese aire que entra le llegue al corazón y lo haga morir de pasmo.

Al observar el puñal siento que el arma no duda, me impulsa como tropa fiel. Está más decidido que yo.

El arma desnuda, sin otro destino que la muerte, no parece tener otro objeto que una misión moral.

He escrito con extraña tranquilidad. Hay horas del puñal y horas de pluma, perfectamente divididas.

Ni bien oscurece, me echo a la calle siempre con una capa o chaqueta diferente, con algún sombrero viejo y me dedico a la tarea de acecho: en cuatro días he podido conocer los movimientos y las costumbres de Mohamed. Creo que es sólo por la tarde, en la luz del día cuando ya no puedo seguirlo, que se encuentra con Lucinda. Tal vez todavía no la ha sumergido en su torva noche rufianesca.

Intervendré antes.

Consideré si la pasión no me estaba transformando en un criminal ciego. Ayer fui a la Catedral y me arrodillé en el lugar más oscuro, del lado de la nave donde en tiempos de mi infancia estaban los reclinatorios de mi familia.

Creí escuchar mi voz interior más pura. Mi propósito era claramente justiciero: liberaría a Lucinda de una atroz humillación y la libraría del enceguecimiento de la pasión.

Discretamente extraje el puñal y lo sumergí en la pila de agua bendita.

Sabía que Lucinda, como despertando de un embrujamiento, con el tiempo me bendeciría como a un padre severo.

EVITÉ EL SIGUIENTE (SEGURO) NAUFRAGIO, decidiendo cruzar desde el golfo de Santa Catalina hacia Asunción, por tierra. Muchos lo juzgaron descabellado, pero para mí sería una prueba esencial: debería mostrar mi método distinto ante los feroces tupí-guaraníes, que señorean en los llanos y en selvas impenetradas hasta entonces.

Supe superar el escollo de los buenos consejos de los pilotos y capitanes. Encontramos algunos individuos que habían sobrevivido al hambre y la soledad de Buenos Aires y a dos curas que estaban establecidos en esa maravillosa costa, atendidos por devotas indiecitas. Todos ellos nos señalaron las rutas del mar y la probable dirección por tierra, para acertar con la ciudad de

Asunción que está en el cruce de los grandes ríos.

Ordené que Estopiñán Cabeza de Vaca condujera la flota por el camino del Plata, el Mar Dulce, para socorrer Buenos Aires, y desde allí, subir por el Paraná, hasta reunirnos en Asunción.

El grueso de la tropa lo llevaría por tierra.

Supe que el anterior Capitán de estas regiones, Ayolas, había muerto a manos de los indios. Supe, o me confirmaron, lo que se sabía en Sevilla y en la Corte de Toledo, que en esas regiones había sólo corrupción y anarquía. Las llamaban el Paraíso de Mahoma. Los dos curas bien indicaban de qué se trataba y cuál era la situación en el Paraíso.

Hice enarbolar el gonfalón con la cabeza de vaca (no el del escudo real) y ordené, para sorpresa de capitanes y tropa, que se guardara la pólvora y se marchase con mosquetes descargados. Sólo yo hablaría con los indios que fuésemos encontrando. Íbamos trescientos hombres y veintiséis caballos y deberíamos cruzar más de quinientas leguas de mundo desconocido.

Alcanzamos los primeros poblados de gente pacífica, que todavía no había descubierto Europa. Daban vueltas alrededor de los caballos. Se horrorizaron, como si se tratase de un animal descuartizado que enseguida moriría cortado en dos cuando vieron que un jinete desmontaba: ¡creían que se trataba de centauros!

Era gente de los caciques Aniri y Tocangazú. Procedí, ante las protestas de algunos de mis oficiales, a regalarles una cantidad de tijeras, cuchillos, espejos, bonetes, anzuelos, ordenando a mi gente que se dedicara pacientemente a enseñarles el uso. Ordené a los médicos que curasen a los enfermos. Impedí que se pidiese o permitiese algún servicio corporal de parte de los indios. Yo sabía que era necesario proceder con extremo cuidado en esos primeros poblados. Todo dependía del tacto que se tuviese en esa etapa. Lo cierto fue que por interés en nuestros regalos o por verdadero impulso de amistad, nos siguieron camino adelante hasta que nos adentramos en la selva más tupida del planeta. Había que hacer un túnel en el follaje para que pasaran los hombres y las cabalgaduras, durante días y días. Y aun así, no permití que se esclavizara a los indios en una tarea que sólo iba en nuestro provecho.

De este modo alcanzamos los primeros bohíos de los guaraníes cerriles, que ya tienen vastas referencias de la civilización. Los amansamos con mucho desarme y regalando cuanto había cabido en nuestras bolsas. Tratamos de que no temieran a los caballos. Respondieron, curiosamente, regalándoles nueces y miel que no pocos de los caballos aceptaron, para estupor nuestro. Ellos, generosos, nos repagaron con la receta de unos gusanos fritos que se crían en las cañas y que tienen por lo mejor.

En uno de esos pueblos asistimos a una verdadera guerra de astucias entre una familia de pecaríes y otra de monos, por la posesión de unos árboles de piñas. Vimos los pájaros de colores más increíbles, orquídeas que cantan imperceptiblemente en la noche, panteras renegridas que miran con ojos como ascuas el paso de los intrusos, familias de tigres pintados que duermen en las horquetas de los árboles y que sólo atacan a los hombres cuando están en el desierto, en caso de extrema necesidad.

Lidiamos con disimulados vampiros y con arañas

velludas más grandes que la mano de labriego portugués.

Hoy, con tanta experiencia, puedo decir que el mundo de los animales salvajes es el mundo de la necesidad vital. El nuestro, el de los humanos, es el del exceso, el miedo preventivo, la acumulación.

Nunca como en esa selva sentí que nuestras razones eran el desorden.

En cierto sentido se puede decir que estábamos cruzando el Paraíso primordial.

La serpiente corruptora no era otra que esa larga hilera de soldados acorazados, maldiciendo su suerte mientras luchaban contra ramas de espino y miles de mosquitos y tábanos.

Cruzamos grandes lagunas construyendo puentes de tronco. Reencontramos el cielo abierto de los llanos, con leves ondulaciones, después del largo túnel de la selva. Alcanzamos los grandes ríos y tuvimos la visión del Dios universal en ese increíble salto del Iguazú, del que ya hablé.

El viejo Oviedo consideró nuestro cruce una de las mayores aventuras de América. Sólo perdimos un hombre después de cuatro meses de marcha. No lo mató ningún indio ni fiera: se ahogó por imprudente, en aguas del Iguazú.

LA DAGA Y LA CRUZ. Las dos están sobre la mesa donde escribo. La daga es corta y retacona, es romana (así eran

224

las espadas de los romanos y hasta el cuerpo de la tropa común: corto, robusto). La cruz era la del pectoral de hierro del abuelo Vera. Un Cristo gastado por los años, con brillo en las rodillas.

Los españoles en la selva del Paraguay, eran sólo la daga. Desde esta distancia de tiempo y de espacio, se ve con claridad que fuimos esa rotunda y fría hoja de metal, no otra cosa. Sólo fuimos romanos.

Y yo pretendí cambiar la realidad. Creí que sería fácil. Fracasé sin gloria ni estrépito. No me di cuenta a tiempo que en aquel Paraguay de barro y selva, el único oro para nuestros hombres era el cuerpo de las indias.

Ya cuando nos aproximábamos a Asunción desde el Iguazú, en nuestras canoas, y se veían las casas de adobe y el campanario modesto de "la Catedral" en lo alto de la barranca, debí yo comprender de qué se trataba. Porque sobre el agua mansa del río, que es siempre buena conductora de sonidos, se oía una algarabía de patio de colegio en hora de recreo. Era un constante, incesante griterío de niños, de mestizos felices.

Llegaba con la satisfacción de haber comprobado que se puede conquistar sin espada. (Regimientos de indios amigos nos seguían con sus canoas cubiertas por un estallido de plumas multicolores). Había demostrado a mi oficialidad y a mis soldados que se podía entrar en la América más profunda, atravesando quinientas leguas, sin disparar un trabucazo ni matar a nadie.

Había verificado la verdad de mi divisa: sólo la fe cura, sólo la bondad conquista... Pero esto no maravillaba a los oficiales, ni siquiera a los que eran mis parientes. Y menos a la vulgar tropa.

Empezaba a sentir de qué modo extraño y perverso nos inclinamos más bien por el pecado o el crimen. De qué modo inexplicable para la buena razón, nos vamos sumergiendo en un desorden que crea sus propias leyes y valores.

En Asunción nos recibieron decenas de niños que se zambulleron en la costa de tosca arena para agarrarse, riendo, del borde de nuestras barcas que enarbolaban el gonfalón con la cabeza de vaca de temible cornamenta.

Centenares de niños. Tal vez más niños que los indios que había matado Salazar, Ayolas y el vasco Irala para poder robarles las mujeres y engendrar esos infantes (que no vacilaban en señalar como sus hijos).

Irala, me dijo de entrada, que sólo de "indias principales" había tenido seis hijos...

Así tomé posesión del Paraíso de Mahoma, donde los curas tenían hasta una docena de indias de servicio. Donde en los documentos públicos (notariales) se cambiaba una india por una manta o una india bella por una buena huerta preparada para sembrar alubias y porotos de América.

Consta detalladamente en los sumarios y folios procesales todos los detalles de mi lucha para modificar esa realidad que ya me había vencido, mucho antes de mi llegada.

A nadie le interesaba mi propuesta moral. Vi la mirada de las indias enardecidas porque pretendí, primero eliminar las relaciones incestuosas, y después tratar de forzar e imponer la monogamia. Nadie quería ese orden. Miraban la bandera con la cabeza de vaca como un símbolo siniestro.

Las indias, que no respetan ni comprenden nuestras jerarquías, me gritaban enfurecidas a mi paso hacia la Iglesia o el Ayuntamiento.

Me fui cargando de desilusión y de odio. Impuse un férreo orden militar. Desalojé a latigazos las criadas "de servicio" en la sacristía.

Me sentí solo, contradictorio, sumergido en una realidad que se me escapaba de las manos.

Se burlaban de mí, murmuraban.

Los hombres en el fondo de su alma están más bien convocados por el pecado y el crimen. No me excluyo.

Por eso nuestro Dios, nuestro Cristo, no es un dios de la realidad. Es una eterna imposibilidad, una aporía, una renovada frustración.

Estaba yo preso en la caja de mis huesos en esa tierra donde siempre florecerá el naranjo y perfumará el diminuto jazmín.

La lujuria corría como el mercurio derramado, nadie puede controlarlo. En las noches calientes se escuchaban guitarras, areitos, tamboriles. El espeso silencio de los amantes y luego gemidos de amor, correrías. Eran noches de gatos alzados, de pumas en celo, de lagartijas calientes.

Sólo yo yacía en mi camastro solo, preguntándome: ¿Cómo puede pretenderse juez quien fue protagonista de lo mismo?

Había concebido la audaz —y quizás insensata idea— de basar la fuerza de nuestro imperio (y hasta justificar la conquista) aplicando rigurosamente los principios de nuestra moral. Era algo así como proponerme redimir a España de lo que con el tiempo será juzgado como un gran crimen: la destrucción de la vida de esos pueblos sin ni siquiera reparar en sus creencias, no viendo en los cuerpos de los indios más que instrumentos de trabajo o de lujuria.

Yo, el pecador, fundaba el primer virreyno moralista. Ahora que escribo, en la distancia que dan los años y el fracaso, casi me avergüenzo de mi insensatez. Todas las historias son criminales. La misma Historia, con mayúscula, es un hecho criminal. ¿Cómo pretender hacerla sin mancharse?

Desde las primeras semanas sentí el vacío. Me quedaba aislado. Me odiaban.

Me propuse convocar a esos expatriados, que sólo tenían la alegría de la torpeza sensual, para aunarse en la acción común de edificar una gran iglesia, una verdadera catedral.

Pensé que la fuerza de la fe que había salvado a España y dado grandeza a toda Europa, podía rescatar a esos hombres de la nadería. Haríamos un gran edificio con un alto campanario con troncos de palmera para sostener la campana que fundiríamos y que al sonar nos recordaría a todos la supremacía de la voz de Dios.

Pero a las dos semanas todos desertaban. Había que llevar la tropa y sus barraganas con amenaza de calabozo. Comprendí que ese camino era inútil. Convoqué a los tres curas. Trabajé yo mismo, para dar el ejemplo, cavando cimientos.

Y todo terminó en humillante fracaso, casi en una risotada sólo contenida ante mi presencia: fray Bernaldo, mi candidato a obispo, se escapó una noche con treinta indias concubinas y estableció su harén en el norte, en el lago de Ipacaraí.

Lo mandé prender y mis parientes, los pocos fieles

oficiales que me quedaban, le descubrieron cartas y papeles que demostraban la existencia de una abyecta conspiración para deshacerse de mí.

La gran campana no se fundió nunca. Nunca sonó. Nunca el bronce se despegó del molde de tierra fangosa, que, cuando llegaron las tormentas, la devoró sin dejar rastro.

Fracasando por el lado de la cruz, intenté afirmarme en el otro pilar purificador, la espada.

El ejército saca a los hombres del ocio. Pensé que había que sacudirlos de esas hamacas y esteras impregnadas de olor a hembra donde pasaban las largas siestas de calor y sus noches de lagartos en celo.

Había que cumplir el gran propósito: alcanzar la mayor riqueza del mundo, la famosa "Sierra de la Plata", donde los montes son de plata pura y las cimas de vetas de oro y mármol. Tierra de seres fabulosamente ricos, de hembras guerreras que se cortan un seno para apoyar el arco. Hembras que, al vencer en el combate, sólo pretenden ser fecundadas por sus vencidos.

Había que alcanzar el Puerto de los Reyes y desde allí el cerro Tapuaguazú, la puerta de todas las riquezas terrenales (ese cerro del Potosí, que otros descubrieron y que paga hoy la grandeza de España).

Pero ya no había fuerza para la empresa. Las naves se pudrieron. Reptamos entre lodazales, atacados por fiebres, vampiros y culebras capaces de tragar un cristiano entero. Por la noche debía cuidarme de los criminales que habían pactado asesinarme.

Los indios del ejército que armamos, saqueaban los pueblos aborígenes y devoraban los prisioneros.

Nunca llegamos al Tapuaguazú. Nunca alcancé a hacer de aquella masa de traidores y desvalidos un ejército que pudiera disciplinarlos. Yo no podía infundirles nada a esos capitanes alzados, pues yo mismo no creía ya en el oro y en su estúpida fuerza terrenal.

Las fiebres y la niebla caliente, el vapor de esas lagunas estancadas, pudría la ambición de riquezas que pudieron tener los hombres como para seguir marchando hacia esas sierras por donde cabalgarían los Pizarros y mi amigo Cieza de León.

Yo había perdido todo poder. Los mismos capitanes rebeldes decidieron volver al amable burdel de Asunción. Yo no podía levantar la espada para oponerme, estaba en una postración de fiebre, en la desgana.

No me mataron porque creyeron que moriría. (Pensaban que se ahorrarían la investigación real.)

Había sobrestimado mis fuerzas. Mi orgullo me había impedido transigir, negociar. Estaba simplemente derrotado.

AL VOLVER DE LA SELVA HICE UN ÚLTIMO INTENTO. Dicté ordenanzas que nadie cumpliría. Busqué la ilusión de las leyes sin ya tener el poder de la espada.

Prohibí que los españoles se apoderasen de bienes de indios por cualquier motivo o que se les hiciera trabajar sin pago. Intenté que no se pudiese cambiar objetos por seres humanos.

Los mismos caciques protestaron por no poder vender sus hijas y esposas por cuchillos o botas de aguardiente. Se reunieron en la plaza y escuché desde mi retiro el griterío ofuscado de los esclavos que sobrevivían, gozaban y hasta hacían sus negocios en la esclavitud.

Luego, aislado y sin poder imponerme, empecé a ser dañado por mi orgullo herido. Me recogí en mi dignidad ofendida, en mi desprecio. Me enfermé otra vez de fiebres y permanecí muchos días sin ver más que a Estopiñán, mi pariente y unos pocos fieles. Elucubré una matanza de los principales cabecillas de esa disolución, de la conspiración de silencio y sarcasmo, de esa verdadera contrarrevolución o subversión de coños y tetas. Pero fue imaginería de jefe despechado. Comprendí definitivamente que no tenía poder. Que yo mismo no era un hombre de poder.

El callado y ladino Irala me había vencido. Junto a él, sin palabras, había todo un pueblo mestizo, innoble, un pueblo de raza quebrada. Los niños corrían en bandadas entre el caserío, las violadas amaban a los violadores, los caciques consentían. Se formaba una nueva vida. Ninguno pensaba en España ni en los valores de su Fe.

Sabiéndome postrado en mi palacio de adobe y galerías con techo de palma, estos descastados me jugaron lo que fue una pesada burla y a la vez un secreto envite.

En una noche de calor imposible adormecido en mis fiebres, fui despertado por alguien. Alguien abrió las puertas y se escabulló. En el antedormitorio estaba una maravillosa mujer, que habían traído como en un palanquín, iluminada por cuatro hachones de resina. Tenía las manos cruzadas sobre el pecho y me miraba como una diosa o una diablesa de alguna aparición. Tenía los párpados pintados de azul, el cabello partido en trenzas y adornado con jazmines. Sus pechos, sus caderas, sus muslos. eran la perfección y se transparentaban en el tul de bordados que los indios llaman *ñandutí*. El monte de Venus era un delicioso triángulo oscuro, definido a través de esa ligera vestimenta que sólo cubría el vientre y la cadera.

Se burlaban o me tentaban con esa inocente, hija de un cacique, según se supo. Me invitaban a agregarme, a demostrar mi deseo, a igualarme por los bajos.

Miré esa aparición maravillosa. Sé que dudé. Sé que fui vencido una vez más por el orgullo, por esa intransigencia que nace del terror de verme identificado con los villanos, con la innobleza. Dudé, pero llamé a la guardia.

Sólo se supo que la habían traído cuatro indios y que alguien le había pagado al cacique con una pieza de brocado de seda y un cuchillo de monte, que es lo que más aprecian.

No. Me negué a las delicias del Paraíso de Mahoma. Me tragué el deseo. No cedí.

Y ASÍ, CASI A LOS DOS AÑOS DE HABER ENTRADO TRIUNFALMENTE en Asunción, era destituido por el triunfo de la conspiración de los amorales. El 23 de abril se levantaron los que se autodenominaban "comuneros". En la madrugada del 24 me detuvieron.

Los mediocres son capaces de una increíble meticulosidad: habían construido un expediente acusatorio perfecto, con denuncias concordantes acerca de mis delitos imaginarios, firmadas por personas diferentes, hasta haciendo declarar a caciques. Urdieron una trama perfecta, como perfecta es la red que teje la repulsiva araña.

Mis parientes fieles no pudieron imponerse a los rebeldes. Me engrillaron. Me encerraron en una pocilga sin luz. Hasta intentaron envenenarme y me salvé provocándome vómitos.

La más perversa de las acusaciones era mi supuesta pretensión de sustituir el emblema de Carlos V por mi malhadada cabeza de vaca que lucía en las velas de las naos. Los curas, por su parte, me imputaban abusar de poderes obispales (por haberles sacado sus barraganas y sus emputecidas novicias de la sacristía y hasta debajo de los altares).

Era un final irrisorio. Es difícil no enloquecer ante el oprobio. Me embarcaron y me llevaron hasta el nacimiento del Río de la Plata. En la nave *Comuneros* hicimos la travesía a España. No me demoraré contando cómo padecí en esa bodega escuchando, como una burla, el rodar de mi casco de conquistador en la sentina de aguas servidas.

Las ratas, los mediocres, para asegurarse mi condena habían ahuecado el codaste de lapacho de la nave y allí, en una tela embreada, habían escondido el expediente perfecto, con firmas certificadas, que me condenaría ante jueces de la Corte.

Ya conté cómo, al estallar el temporal, sintiéndose culpable ante Dios en su furia oceánica, vinieron a sacarme los grillos y a rogarme me hiciera cargo de la nave en peligro. ¡Fue Alonso Cabrera, uno de mis verdugos el que se puso a lamerme las llagas dejadas por los grillos en mis pies! Murió loco.

Destino trágicamente cómico el mío: ser herido con la espada de la justicia que uno mismo forjó en nombre del orden.

Todo lo demás es públicamente sabido. Me encerraron en la cárcel de la Corte, me liberaron de mala gana, me volvieron a encerrar. Perdí todo en seis años de litigios y rogatorias. Me despojaron de mis títulos. Vi cómo mis amigos y parientes me daban la espalda; hasta aquellos que alguna vez habían aplaudido mi gloria de descubridor desnudo, de aventurero.

Fue entonces, en esos años de oprobio, que intuí lo que ahora sé: yo había alterado el juego, el sobreentendido. Ni mi moral ni mis propósitos de un cristianismo regenerador y conductor; nada tenían que hacer con la realidad imperial de la conquista. En mi independencia cerril, de felino; en mi orgullo sin cálculo, yo había puesto en evidencia lo que debe callarse por razón de guerra, por razón de imperio. Fui un aguafiestas, el entrometido, el impolítico. Me tenían necesariamente que sacar del paso porque en un imperio que nace, la libertad y la justicia son siempre planes para el futuro.

Yo no había sido más que un alfil díscolo y solitario en un tablero donde los curas escamoteaban la palabra de Cristo o la escondían en el último armario de la sacristía, y donde los advenedizos capitanes de conquista desenvainaban su espada contra el inocente que se creía dueño de la tierra donde había nacido.

Pero el silencio del Rey fue mi mayor derrota. (Y si me mandó a buscar desde su moridero de Yuste fue tal vez para una tácita y tardía compensación. Quiero creerlo...)

Después de esos años me repararon nombrándome

en el Tribunal Supremo, seguramente para que yo pudiese aplicar la buena experiencia que tenía de la Justicia.

Así soy quien soy ahora. Otra vez peatón. Peatón de Sevilla, modesto vecino de la calle de la Pimienta, que linda con el callejón de las putas que no dejan dormir al obispo de Esquilache con sus riñas y gritos.

Caminante que anda por las cuartillas de Lucinda. Pero ya, otra vez, sin sosiego, porque la vida no da tregua. El odio y el amor se meten con uno, incluso cuando más bien creíamos estar más cerca de la muerte que de la pasión. Cuando ya "estamos pa'l gato", como dicen en Asunción.

La vida, fuerza fascinante y misteriosa, jugará con nosotros hasta el último segundo.

YA HA LLEGADO EL TIEMPO DE ACTUAR. Estoy seguro que Omar Mohamed me ofrecerá oportunidad tan buena como la que no supe aprovechar anteanoche. Sus sucios negocios lo llevarán de nuevo al puerto y al Arenal y espero que en algún momento se aísle de su gavilla. Anda, como todo delincuente, por lugares oscuros. Cargan mercaderías robadas o de las que llegan de Indias sin pagar el quinto real. Eso exige nocturnidad y andar por un laberinto de mercaderías y fardos. Es lo que necesito para mi plan.

Ya no corresponderían demoras. Bradomín me contó cómo proceden estos rufianes: preparan las candidatas y organizan un embarque en los bajeles piratas que llevan las mujeres a Argel u Orán. Desde allí las reparten a los compradores turcos. Cobran en contante en el mismo Arenal y se pagan cifras muy altas.

Las andanzas de Mohamed por el muelle del Puerto de las Mulas indica que ya está preparando uno de sus infames envíos.

El Mal se sitúa en un solo ser, en una época, en un ejército. Hoy el Mal es la nefasta presencia de Mohamed. Tengo la suerte de tener un objetivo noble.

Al caer la noche salí en dirección al puente de Triana. Pasé frente al horrible aunque necesario castillo de la Inquisición y luego llegué costeando el Guadalquivir hasta el muelle de Mulas.

Tal como lo había calculado, la gavilla llegó en una falúa. Estuvieron hablando con varios sujetos patibularios en el muelle. Mohamed es para mí reconocible, incluso en la oscuridad, por su odiada figura atlética.

Se embarcaron nuevamente en la falúa y remaron en dirección a la costa opuesta, hacia el Arenal. Eso desconcertaba mis planes porque la otra noche habían ido a pie, por el puente de Triana.

Caminé entonces a paso vivo, tratando de no perderlos de vista. Los observé desde el puente, pero ya había otros botes. Caminé por la costa del Arenal, esquivando bultos, hacia el depósito de la Madera del Rey, donde se guardan los tablones estacionados y sanos, para la construcción de las naves.

Esperé sin mayores resultados evitando las guardias que cuidan los espacios del material de carga y descarga. Estuve más de una hora apostado. Medité en ese tiempo y me despojé de las dudas que más de una vez me asediaron ante la decisión que me había propuesto. No, no son los celos ni el despecho los que ahora me impulsan a la justicia del acero. Es la hartura ante la malignidad triunfante que señala a Lucinda como víctima. Es una acto noble que yo salga en defensa de una judía que será vendida por los rufianes. No, no había lugar a duda alguna.

Pero los perdí de vista y maldije la mala suerte. Recorrí el Arenal y alcancé la punta, donde están los corrales de animales y los jaulones de caña.

Fue allí, en la oscuridad, cuando fui sorprendido por lo insólito. Aquello que tememos en lo más profundo, aquello de lo que huimos con estratagemas de olvido (y hasta nos convencemos de que lo logramos sepultar o cancelar de nuestra vida), nos sigue persiguiendo obstinadamente. O nos persigue, o puede que nosotros corramos hacia su encuentro, como movidos por un demonio encargado de demostrarnos que nadie puede huir de su propio pasado.

Ahora que todo pasó con fugaz rapidez de sueño y pesadilla, anoto con serenidad lo que viví con un sobresalto y una emoción extrema. (Estoy otra vez en la azotea, frente a la Giralda, en la casa vacía, esperando...)

Ocurrió que cuando me detuve acechando cerca de los jaulones de caña, en esa confusión de barracones y fardos de los depósitos del Arenal, escuché un chistido, casi un silbido, que me transportaba tres décadas atrás. Era el sonido con que los marames y chorrucos del Malhado llaman en la noche a los venados o les advierten la presencia de chacales hambrientos.

En ese momento tuve la intuición precisa de que se produciría lo que siempre, casi inconfesadamente, había deseado y temido.

Me acerqué al gran jaulón de cañas y en la penumbra alguien susurró "Bap... bapa", era una voz esforzada. Yo le había enseñado a Amadís sólo tres palabras en castellano, esa, para llamarme y que equivalía a papá, y "Dios" y "España".

No puedo escribir lo que sentí, nuestro lenguaje, o mis escasos medios, no pueden alcanzar las emociones mayores. Amadís me había intuido, u olido, o descubierto, con esa extraña sensibilidad de los hombres de su raza, de los "hombres del cosmos", como decía el cacique Dulján.

Se desvaneció instantáneamente mi sórdida voluntad de "moralizar" tratando de sorprender aislado a Mohamed. Dejé de sentir el puñal que llevaba pegado a mi flanco.

El jaulón era de los usuales para agrupar a los indios desembarcados de América, antes de ser remitidos a sus destinatarios.

Entre los barrotes salían las manos de Amadís. Encendí el yesquero e iluminé su cara larga, caballuna, como la de su padre, con sus cabellos no tan negros y lacios. Su piel y su flacura me daban muestras de extenuación y enfermedad. En su hombro desnudo se dibujaba el mapa de la quemadura que se había hecho al volcar la olla de las brujas. Estaba tomado con un

238

grillete a una cadena que convergía hacia un pilote central.

Metí mi mano en su cabello. Volví a encender el yesquero y busqué su mirada. Sus ojos no devolvían ningún brillo, como agua estancada.

Exclamé mi sorpresa. Reencontré en el fondo de mi mente las palabras de la lengua general de los llanos. Friccioné sus manos huesudas y heladas. Temblaba.

Amadís susurró que Nube, su hermana, vivía y que Amaría había muerto.

Creo que me sentí avergonzado y secretamente feliz. El pasado me reencontraba, me dominaba, me sinceraba. Como en el flujo y reflujo de un mar imprevisible que devuelve caracolas desaparecidas, ahora me enfrentaba con mi hijo, con mi sangre. Y ese hijo estaba depositado en un jaulón, en su calidad de semihombre, de mercadería, de "ultramarino" recién importado.

Creo que me fui inmediatamente después que perdí todo control. Intenté con el puñal quebrar los barrotes. Fue inútil, forcejeé hasta quedar sin fuerzas. Grité el nombre de mi hijo, mis títulos. Estaba dominado por la (generalmente) impotente furia de los justos. Debí parecer loco.

Logré zafarme de la insolencia de los esbirros del Arenal y, ya en la luz indecisa de ese amanecer de oprobio y rara felicidad, opté por correr hacia la calle Pimienta para organizar, con el resto de fuerzas y lucidez que me quedaba, la batalla por la libertad y la vida de mi hijo Amadís.

Ninguna otra cosa tenía ya importancia.

UNA EXTRAÑA TRANQUILIDAD ME PERMITIÓ ORGANIZAR con claridad los actos de ese importantísimo día. Era como un capitán en batalla: la exaltación es sustituida por la fría razón que exige el peligro.

Ordené a doña Eufrosia que preparase una abundante vianda de comida, todo lo que encontrase en la casa y una damajuana con el agua más fresca del fondo del aljibe.

—¿Para qué todo esto Vuesamercé?

—Para mi hijo que está mal e injustamente preso, en un jaulón del Arenal.

Eufrosia quedó atónita y siguió trabajando en silencio.

Me vestí con el traje negro. Busqué la boina que tiene el penacho de plumas menos deterioradas. Y, como Capitán que soy, tomé del arcón de sándalo la vieja espada, más maltrecha por naufragios y golpes de rolido, que por heroicas batallas. El tahalí era una ruina: las correas formaban un hato como de culebras resecas. Se lo di a doña Eufrosia para que lo sobara con aceite de oliva, o con unto, para ablandarlo.

Había subido la mañana. Me hice acompañar por Eufrosia y fuimos hasta la punta del Arenal, más allá del Almacén de las Maderas.

Pasamos la guardia con relativa facilidad y con un par de buenas monedas para el esbirro. Dije que los indios venían consignados a mí desde La Florida y que Eufrosia debería pasar dos veces por día con agua y alimentos. No sería fácil.

Estaban todos echados. Eran ocho. Semidesnudos. Dos de ellos tiritaban con fiebres y hacían sacudir sus cadenas como cascabeles.

Amadís tiene ojos gris-azulados. Su piel apenas un poco más blanca. Su mirada es como ida, como posada en una recordación muy triste.

—Este es mi hijo, Eufrosia, y te pido que lo trates como tal.

Amadís tomó los alimentos y volcamos el agua de la damajuana en una escudilla que acercó. El piso era de arena y por tanto no había demasiada inmundicia. En cambio la comida estaba en el suelo, cubierta por el mosquerío.

Tomé nuevamente las manos de Amadís. Le hice beber despacio el agua fresca. Se veía que aquello le costaba un gran esfuerzo y que su inclinación sería más bien echarse por tierra, con la cara vuelta hacia el piso, como los otros, que parecían sólo esperar morir; salir pronto del infierno hacia el espacio puro y quieto de la muerte.

Me encaminé hacia la Administración, que funcionaba en uno de los edificios al lado de la Puerta de Triana.

Con una serenidad sorprendente en mí, soporté el desgano de los tinterillos, hasta que me atendió un encargado de cargas.

—Soy el Capitán y Gobernador Alvar Núñez Cabeza de Vaca. Quiero conocer la situación y el motivo de la gente que está encerrada cerca del Almacén de Maderas del Rey...

—¿Los indios?

Buscó, dio orden a otros tinterillos. Movieron inventarios, prácticas, roles de embarque y de carga.

—Vienen consignados a un caballero de Sevilla. Don Fontán de Gómez. Aparecen como contratados para ser enviados a Gante, para esa casa de estudios.

—Quiero la inmediata libertad. Están tratados no como contratados sino como criminales o animales.

El individuo esbozó una sonrisa.

—Vuesamercé debe considerar que son indios. Si se los dejara libres huirían y morirían pronto. Hubo varios casos. Los que quedaron libres, o habían huido, aparecieron muertos a los pocos días... No saben dónde ir ni qué hacer. Son indios...

Era inútil batallar en esa instancia. ¡Debía incluso callar de que se trataba de mi hijo! Hasta me podrían negar toda paternidad, ni siquiera había testigos que hubiesen conocido mi familia india.

Yo había escuchado de los tráficos de Fontán de Gómez, el atroz advenedizo. Me habían contado de la importación de indios e indias como esclavos, a espaldas de la Corona, enviados "con contrata" para estudios o "tareas especiales".

En aquellas horas febriles había fraguado dos planes. Uno era ilusoriamente pacífico. Consistía en recurrir al poder eclesiástico, obtener el cumplimiento de la bula papal; comprometiendo a la autoridad religiosa en mi pedido ante el poder militar y administrativo que controla el puerto de Sevilla. La otra idea era de acción directa: juntar a mis amigos, a quienes quisieran secundarme y liberar durante la noche a Amadís.

El nombre de Fontán de Gómez, el dueño del burdel, de la casa de gula y de las modernas letrinas, se interponía como un dato nuevo. ¡Era nada menos que el propietario de mi hijo!

Fui al palacio de Arzobispado y me atendieron muy fríamente. Me recibió un joven seminarista, seguramente de futura carrera inquisitorial, que me dijo que la Encíclica papal a la que yo me refería no se conocía en Sevilla, que nunca había llegado y que, en todo caso, no era de aplicación directa, judicial, digamos. No era, según él, otra cosa que la expresión de la abstracta doctrina papal.

Tendría que recurrir a mis parientes, los Padilla, relacionados con el Cardenal. Pero lo harían de mala gana, ya que me consideraban degradado y hasta herético, avergonzados por mi proceso en el que se me condenó y sobreseyó.

Antes me resolví por los curas de Santa Clara, que me conocían por Lucinda.

Expliqué a Lucinda todo. En realidad un largo capítulo de mis memorias ocultas que a ella misma había escamoteado.

Lucinda se exaltó noblemente. Corrió a hablar con el canónigo. Pese a mi mal concepto de él, se demostró indignado. Me preparó una esquela para el ayudante del Nuncio. Dejó su almuerzo, ordenó a Lucinda atender el despacho, y se largó conmigo hacia las oficinas del Patio de los Naranjos.

Cuando se alcanza una situación extrema, los seres que amamos o despreciamos, según impresiones superficiales de la nadería cotidiana, se revelan totalmente distintos y son capaces de ir más lejos que nosotros mismos.

El canónigo caminó a paso de atleta.

No habló de Amadís en cuanto hijo mío, sino que se refirió al tráfico de esclavos indios. Exigió, casi perentoriamente, que se me extendiera la copia con firma legalizada de la bula *Sublimis Deus*.

Esto decía el texto que me entregaron:

"Nos, aunque indignos, ejercemos en la tierra el poder de nuestro Señor. Consideramos que los indios son verdaderos hombres que no sólo son capaces de entender la fe católica, sino que sabemos están deseosos de recibirla. Tales indios, y todos los que más tarde se descubran por los cristianos, no pueden ser privados de su libertad por medio alguno, ni de sus propiedades, aunque no estén en la fe de Jesucristo. Podrán legítimamente gozar de su libertad y de sus propiedades, y no serán esclavos, y todo cuanto se hiciera en contrario será nulo y de ningún efecto." Certificaban la firma de Pablo III, Papa.

Con ese papel me sentí todopoderoso en mi razón, como empujado por la voz de la Iglesia.

CAMBIÉ LA DAGA POR LA ESPADA que, aunque un poco herrumbrada en la empuñadura, conserva la noble flexibilidad de su acero.

Vivimos horas convulsivas. Doña Eufrosia y el

morito mandadero del panadero recorrieron toda la ciudad con mis mensajes.

Al mediodía me desplacé hasta el Arenal (me resisto a anotar, "el jaulón") y vi desde lejos que todo seguía igual. Debía controlarme, no enfrentarme todavía con los esbirros. En todo caso sorprenderlos con una acción decidida y bien planificada.

A las seis fueron llegando los convocados a mi casa de la calle Pimienta.

Llegó Bradomín con el cura poeta que habla de toros. Entró el canónigo acompañado por dos franciscanos macilentos, de aspecto temible.

Lucinda y Eufrosia les acercaban una copa de vino blanco y aceitunas.

Un poco más tarde entró el ujier del Tribunal Supremo, que me conoce de años; el escritor que narra aquello de los amores tardíos y el panadero judío.

Me senté en la punta de la mesa de la sala de abajo, donde está el arcón con las cosas de mi madre.

Estaba sereno y confortado por la incondicional indignación de toda esa gente.

Expliqué en voz firme la historia de mi hijo y de mi familia americana. (Lo que había preparado a legar como crónica secreta, tenía que exponerlo a la luz del día. No me faltó decisión.)

Dije que les agradecía. Que yo les comunicaba que estaba dispuesto a dar mi vida por la libertad de mi hijo.

Después leí el pasaje de la Bula papal e informé sobre la "propiedad" de Fontán de Gómez, el importador de mi hijo como de un producto ultramarino, en este caso consignada a la Universidad de Leiden, vía Gante.

Solicité consejo. Se oyeron las posiciones más extremas. Bradomín (que es manco del brazo derecho, justamente) exclamó: "¡Ha llegado la hora de la espada!".

El panadero dijo que había que escribirle al nuevo Rey mandándole copia certificada de la Bula. El canónigo y los franciscanos dijeron que podían sacar a las monjas de Santa Clara y convulsionar la ciudad rodeando con ellas el jaulón del Arenal.

Por fin se impuso lo más sensato; empezar por Fontán de Gómez, que iríamos a ver con el marqués de Bradomín, que lo conoce —y desprecia— y con los representantes de la Iglesia (el canónigo con los dos franciscanos).

Creamos un sistema de comunicación, a través de doña Eufrosia y el morito, y todos levantaron la copa al despedirse y brindaron por Amadís. Agradecí.

Sentí que mis ojos se humedecían, pero por suerte ya casi no había luz.

AHORA QUE TODO PASÓ, PUEDO ESCRIBIR SOSEGADAMENTE, pese a mi postración y esta debilidad que me hace sentir la leve pluma tan pesada como aquel puñal que guardé en el fondo del arcón.

De esas horas febriles creo ahora que lo más sorprendente para mí fue el diálogo que tuvimos con Lucinda cuando Bradomín y los otros se habían retirado casi en son de guerra. No quería que Eufrosia oyese, por eso subimos a la mesa de la azotea, al escenario de nuestra última y escandalosa discordia.

—Vuesamercé deberá saber que estamos dispuestos a

mucho más de lo que piensa de nosotros...

—¿Estamos?

—Pues sí: Jesús Mohamed y yo. Jesús Mohamed no es lo que don Alvar piensa. Ha padecido como esclavo, pues lo tomaron en la campaña de Argel. Sobrevivió a todo y está integrado en eso que ellos, los árabes, llaman mafias: grupos para luchar y protegerse. Es verdad lo de la Mancebía, las ligas de asaltantes y las casas llanas y las de juego... Pero Jesús, u Omar, como don Alvar quiera, trabaja en una de las ligas que rescatan perseguidos y condenados de la Inquisición. Hay un tráfico clandestino. Los llevan en falúas, de noche, y los embarcan en altamar en naves que los llevan a África a los moros, a Venecia a los sabios y astrólogos, y a Anatolia, Palestina o Judea a los judíos que no tienen para pagar el rescate... Nosotros mismos, don Alvar, él y yo, estamos por huir a donde podamos vivir sin esta amenaza. Queremos irnos a Anatolia, donde hay muchos que prosperan y hablan nuestro idioma de Castilla... Y ayer hemos pensado (fue idea del mismo Jesús Omar) que si don Alvar lo quisiese y fuese necesario, podríamos llevarnos a su hijo, a Amadís, para que viva con nosotros, don Alvar... Omar y sus hombres son fuertes y pueden mucho en el tráfico del Arenal... Si fuese necesario hacer algo, sépalo don Alvar, que nosotros estamos...

He llegado a vivir unas siete décadas, lo cual es casi indecoroso. Debo confesar que sentí una novedosa humillación entre tantas que padecí: la de sentirme víctima de un demonio que jugó con mis celos seniles y mi ofuscación al punto de ponerme en el borde del crimen más injusto.

Generalmente despreciamos lo que no hemos llegado a conocer. Así es que la imaginación nos juega malas pasadas, pero ¡a los setenta años!

Me sentí ridículo. Estremecido de vergüenza, le conté, como para desahogarme, que durante noches había seguido a Omar con una daga al flanco. Que no había intentado otra cosa que matarlo y hasta que estuve a punto de hacerlo en el muelle de las Mulas, cuatro días atrás.

No quiero agregar lo obvio. Ya no tengo muchas fuerzas para escribir (y si lo hago es ya para acompañarme con mi otro que hay en mí, en este largo final). Lucinda lloró, se espantó, pero por sobre todas las cosas —y esto es lo humillante como si me hubiese descubierto completamente desnudo en mi gran ablución quincenal— descubrió mi amor por ella. Mi desesperado amor de viejo ya sin tiempo para amar.

Elegantemente evitó demostrarme de alguna manera esta revelación enorme. Pero se fue con los ojos hinchados de lágrimas reprimidas.

Sintió piedad. Piedad de mí.

FONTÁN DE GÓMEZ TIENE DESPACHO EN LA CALLE DE FRANCOS. Varios escribientes, puestos en mesas en filas, como en las grandes casas de crédito de Florencia o de Londres, se ocupan del papelerío. Su despacho es bastante imponente. Todo es nuevo. Al pie de una mesa con tapete de felpa verde había una salivadera de plata donde Fontán de Gómez podía escupir desde su sillón las cáscaras de girasol o pistacho que le gustaba masticar de continuo. Detrás de él, sobre el muro, había un gran tapiz con un escudo de armas con colores muy detonantes, pintado seguramente por esos artistas que trabajan en las fábricas de altares para América. En el centro del escudo había una generosa fuente, símbolo de la nueva estirpe.

Nos miró con sorpresa. Temió un petitorio para alguna iniciativa de caridad. Nos miró a todos, no buscando lo que éramos, sino más bien lo que teníamos. Creo que si nos escuchó fue porque vio al canónigo con su sotana no muy brillante, pero con maneras autoritarias.

Bradomín, sin su posible grandilocuencia, expuso que por increíble error entre los indios consignados, según la Lonja de Mercaderes, a su nombre, estaba mi hijo, el hijo del Adelantado y Gobernador Alvar Núñez Cabeza de Vaca.

No había gesto alguno de sorpresa en la cara de Fontán. Era una cara desértica, descampada. Dijo que lamentaba el error.

Bradomín pidió la inmediata libertad.

Fontán llamó a sus escribientes. Pidió las prácticas y documentos aduaneros. Se limitó a lo concreto.

—Yo ya he pagado. Los envíos se pagan a pie de las naves, al contado. Eso vino con una de las cargas generales consignadas, en efecto, a mi nombre. Los indios mueren enseguida, especialmente durante el cruce en altamar... Nadie toma el riesgo. Los negros resisten más.

Revisó el alto de papeles con ceñuda atención de semianalfabeto.

—En efecto... vienen pedidos desde Gante, con destino a Leiden...

Por primera vez dejó de dirigirse a Bradomín y su cabeza redonda y pesada se tornó hacia mí. Observó mi espada, que le debe haber parecido inocua o simbólica. Inesperadamente dijo:

—Lo lamento mucho Vuesamercé. No puedo disponer yo solo de lo que es propiedad de otros según derecho. Vienen aquí como voluntariamente contratados... Es un lote de doce. Quedan ocho. No podría disponer de uno sino de los ocho. Habría que pagar y comunicar a la Lonja la transferencia.

Había en Fontán una calma segura. Todo respondía a una razón económica irrefutable, confirmada por las facturas y los conocimientos de embarque.

—No habría más que pagar... —dijo.

La suma era lo habitual aunque exorbitante. Todos quedaron abrumados. No sentí que me quedaba espacio para el rencor. Había una realidad del trajín del Imperio que ya nada tenía que ver ni con la Bula papal ni con las preocupaciones humanitarias de los obispos y del Emperador.

Fue entonces que tuve la ocurrencia de ofrecerle en transferencia lo único que me quedaba para cobijar mi muerte de viejo, la casa de la calle Pimienta.

Con la misma parsimonia, sin generosidad ni animadversión, Fontán de Gómez reclamó a sus escribientes que procedieran con urgencia a visitar la casa y tasarla.

Allí terminó la reunión. Pensé que podría pedirles a Lucinda y a Mohamed un subterfugio de violencia justificada. Pero Amadís estaba muy enfermo como para las alternativas de la fuerza y de un largo viaje de huida.

Simplemente me resigné. Desilusioné a Bradomín y al mismo canónigo que no deseaba más que enfrentar al

Obispo con sus curas furibundos.

Sentí hasta qué punto yo era un hombre cansado.

Luchaba ya sin creer que era por la vida. Porque ya no sentía fuerza vital en mí, ni en la mirada cada vez más opaca de Amadís. Estaba perdiendo la santa indignación primera.

Los escribientes de Fontán calcularon que se podía derribar la pared de la sala y poner un mostrador para tasca. Los que vuelven de noche de visitar las putas del Callejón del Agua no tienen dónde tomar un vaso de vino y comer su fritanga de boquerones. Era verdad, estaba bien pensado.

Al día siguiente al mediodía se acabó la aventura y —por decirlo en forma de síntesis— envainé una vez más mi espada virgen de sangre humana.

El escribano labró el acta y se ordenó la entrega de la mercadería del Arenal.

AUNQUE YA HABÍA ENTRADO EL OTOÑO ERA UN MEDIODÍA DE LUZ ENCEGUECEDORA. Los escribientes de Fontán tenían los papeles en orden y el jefe de la playa de cargas nos acompañó. Se demoraron un poco porque no apareció el herrero que debía abrir el grillete. Lucinda y Eufrosia lloraban. Bradomín había querido venir a toda costa. Nunca había visto indios tan de cerca y seguramente necesitaba poblar con un poco de realidad sus correrías imaginarias por América (parece que ahora inventó un tirano en México).

Las mujeres lavaron a Amadís mientras sus compañeros en aquel sórdido jaulón eran entregados, según dispusimos ante notario, a los frailes de Huelva, que tienen huertos grandes y donde por cierto hay más sol y calor que en las tierras heladas de Flandes, donde morirían al llegar, como se tiene ya sobrada experiencia. (Los curas de Huelva tienen olivares y pude imponer que cuatro de ellos intenten sobrevivir en esas fincas de tierra seca y noble como las de sus llanos.) Amadís no puede caminar. Tomado de nuestros hombros lo llevamos hasta la carroza de los Fuentes.

Traté de que comiese frutas y tortillas de maíz con pasta de pescado. (Eufrosia quería "fortificarlo" con sopa de ajo y una fabada como hacen en su pueblo.)

Todo esto fue hace diez días no más.

Lavé sus pies, que eran como alguna vez fueron los míos, mientras dormitaba.

Al atardecer se despertó. Bebió un poco de agua y hablamos en aquella lejana lengua de los caddos que hacía veinticinco años llevaba en mí como esperando ese diálogo milagroso con mi hijo.

Me repitió que Nube vivía. Nube era libre. En cambio Amaría había muerto. Amaría tenía que morir, pero no como murió.

Mucho tiempo después de mi partida llegaron otros blancos con sus naves sin naufragar y con sus armas intactas. Con perros y caballos. Eran los de la gran expedición de Hernando de Soto, el cruel. "Hombre que acaba con toda vida a su paso, hombre que se opone al designio del Dador de Vida", dijo Amadís.

Esto ocurrió mucho después de que el cacique Dulján hubiese retornado a lo abierto, sin límite.

Llegaron muy sorpresivamente los capitanes de Soto.

Inmediatamente repartían los pueblos y los hombres eran enviados a las plantaciones y rozas de la costa. Los curas requerían aceptar la fe católica. Todo lo anterior de la vida de esos pueblos carecía ya de sentido. Al matar los dioses, acababan con los pueblos.

Amadís fue llevado a trabajar a una finca costera, en tierras que fueron de los quevenes, al servicio de un tal Mendizábal que vivía rodeado de perros y recorría las plantaciones látigo en mano. En el juego de barajas perdió finalmente su fortuna y vendió a sus indios, entre ellos a Amadís.

—¿Y Nube?

—Nube es libre, libre —repitió Amadís.

Dulján, antes de morir, la había ahijado y otorgado cacicazgo. Se había hecho guerrera. Era muy alta, distinta de las mujeres del pueblo. Había aprendido las artes de guerra.

Cuando llegaron los españoles se repartieron las mujeres, como en todas partes. A ella la buscaron por la fama de su belleza, pero estaba escondida en los cerros con los jefes guerreros. Antes de caer y de que la violentaran, entró en el poblado de noche y se robaron una tropilla de caballos y las crías de los perros feroces. Así se echaron al desierto, con las armas del enemigo.

—Criaron los perros. Los casan con lobos, con tigres. Tienen muchos y enseñan a sus hombres a correr con los caballos, que también ya son muchos. Se fueron desierto adentro, mucho más allá del camino de las vacas. Todos saben que ella volverá, es cacique-diosa para muchos pueblos... Pero esto será dentro de mucho. Ella va hacia la estrella del norte, en las tierras heladas donde están los lagos como mar. Adonde nunca llegarán los cristianos... Es el país de las águilas...

Mientras hablaba yo le friccionaba las manos y los tobillos con vinagre aromático porque sus dolores son muy fuertes en las articulaciones.

Luego me contó la atroz muerte de Amaría.

AMARÍA CREÍA QUE LOS PERROS Y LOS CABALLOS VENIDOS DEL OTRO LADO DEL MAR HABLABAN ESPAÑOL. Amaría ya era "muy vieja", según Amadís. Nadie del llano hubiera cometido ya la crueldad de prolongarle la vida. Pero un sargento llamado Videla la tomó a su servicio, para que lavara ollas y cocinase los pescados de mar (tarea que Amaría había aprendido de mí, de mis gustos).

Videla la maltrataba y despreciaba. Sabía "que había conocido españoles de los tiempos de Narváez" y no toleraba que usase todavía ese nombre de Amaría, que según el sargento no podía llevar una india, ya que recordaba a la Virgen, nuestra Señora.

Un día borrachos, Videla y su amigo Salazar (que le había vendido unos mastines casi cachorros que decía parientes de Becerrillo) decidieron deshacerse de la vieja probando la fiereza de los perros, de la estirpe de los de Soto.

Le dieron un papel escrito con una carta para "el caballero Cabeza de Vaca", que ella había nombrado más de una vez. Le dijeron que caminase hasta la casa del gobernador, a una legua de camino, que mostrara esa carta y que así la dejarían libre.

Esperaron que hiciera media legua, para poner a

prueba el olfato del mastín y lo soltaron. Lo siguieron a caballo, para ver su calidad.

Amaría al verse acosada, aterrorizada, se sentó en el suelo frente al animal enfurecido, con las crines alzadas y colmillos afuera.

Entonces Amaría probó su mejor castellano. Le dijo:

—Perro, señor perro, yo voy llevando esta carta al señor Gobernador... ¡No me hagas mal, perro señor!

El perro la miró y se desencrespó. Dio dos vueltas desorientado, alrededor de Amaría, se le acercó y alzó una pata y la meó, como hacen los perros en las esquinas de las casas.[1]

Si el perro la liberaba, no pudieron hacer menos. Pero Amaría ya no quería vivir. Estuvo echada en una choza quemada, esperando que se hiciera la luna llena y en cuanto la hubo, expiró.

Conocía la ciencia de morir cuando uno quiere y es necesario. Ciencia no común entre los hombres del llano.

Sabido es que en Sevilla y en toda España los mejores físicos o médicos o curatodos, son los judíos. Y desde que nuestros bendecidos Reyes Católicos los expulsaron en 1492, la gente muere más y mucho peor.

El panadero tiene un cuñado, que se exhibe por muy cristiano, que todos llaman disimuladamente por su ciencia, incluso los padres de la Inquisición. Se dice que estudió con el gran Villar. Se llama Ariel Solórzano. Le

[1] Este diálogo está transcripto por Fernández de Oviedo en su *Historia General y Natural de las Indias*, XVI, 11, I. Escribe Oviedo: "e alçó la pierna e la meó". (*N. del E.*)

pedí a Lucinda que lo llamara, que le llevase como pago adelantado los candelabros de plata de mi madre y los cubiertos con mango de marfil.

Salórzano vino al atardecer. Revisó a Amadís muy cuidadosamente. Auscultó su respiración, los latidos de su corazón. Le miró los ojos. Controló el paso de la sangre por las venas del empeine del pie. Intentó hacerle flexionar las piernas.

Después me apartó y me dijo:

—Tiene la humedad asentada en los tuétanos. No creo que haya forma de secarle los huesos. Eso es porque vino tres meses atado, mojado con agua de bodega, permanentemente. Tiene un ronquido al respirar porque se le pasmaron los pulmones. Tiene humedad allí y respira mal... Pero lo peor es la mirada, ¿no vio Vuesamercé que se le nubla, como la de los que no quieren vivir? No creo...

El médico ordenó dos sesiones diarias con ventosas, masajes en el pecho con esencia de vino y alcohol, ponerlo al sol fuerte todas las mañanas. Tratar de conseguir aceite de tiburón. Alimentarlo con yemas de huevo batidas con vino y azúcar.

Al día siguiente Solórzano envió los objetos que le había llevado Lucinda.

Entonces, con el morito de la panadería le mandé mi espada con una esquela: "Aunque ya antigua, no tiene pasado, no tocó sangre".

Hace entonces cinco días que murió Amadís, si se puede llamar muerte a su extinción.

Más bien sentí que pasaba, voluntariamente pero con discreción, aquella Puerta que Cieza encontró en el mundo de arriba y que yo vi en mi alucinación entre los Tarahumaras.

Lavé yo a Amadís, casi como suelen hacer los judíos. Le arreglé el pelo.

Amadís no tenía ninguna herida más que la quemadura del hombro, cuando traviesamente derramó el guiso de las brujas, hecho con porotos y manos cortadas de jefes enemigos.

Amadís murió porque quiso, de "banzo": no tenía ganas de nuestra civilización. No tenía espacio. No lo habíamos herido, habíamos matado a sus dioses. Lo habíamos dejado sin Mundo.

Yo mismo, su padre, no hubiera tenido argumentos para alegar ante Dios por la continuación de su vida.

Por la mañana le habíamos hecho las fricciones con vinagre aromático y lo llevamos al sol de la terraza. Ni yo ni Eufrosia sentíamos casi su peso. Era piel y hueso, y el lujo de su cabellera lacia, de cacique.

Después se acostó y durmió más de lo habitual. Yo me mantenía a su lado tomándole las manos casi frías, huesudas por causa de su delgadez.

Sobre la noche empezaron sus ronquidos fuertes, profundos. Abrió los ojos pocas veces. Tenía la mirada más allá. Estaba instalado en la doble vista, muy lejos del entorno.

Expiró muy quedamente. Le cerré los ojos mientras Lucinda y doña Eufrosia lloraban abrazadas.

Amadís murió en mi lecho, bajo el escudo de los Vera y los Cabeza de Vaca.

Tal como yo había encargado a Lucinda y al canónigo, se arregló el lugar —que hasta entonces me había esperado a mí— en la tumba de la familia Vera. Allí, junto al Adelantado de Canarias, yacería Amadís, en el breve camposanto que hay junto a la capilla vieja, en la Cartuja de las Cuevas.

Se hizo esta gestión con disimulo, sin aclarar que Amadís era indio. Yo seguiría en el más allá de caminante sin residencia. Se ve que es mi destino.

Encargué una lápida de piedra que decía "Amadís Núñez Cabeza de Vaca".

Antes que cargáramos a mi hijo en el carruaje contratado para ir hasta la no cercana Cartuja, permanecí a solas con Amadís y recé extendiendo las manos sobre su cuerpo. Padre nuestros, Avemarías. Pero también menté a ese dios de los llanos que llaman Aguar, a Oñorname que es el dios de los Tarahumaras, que nos devuelve a la materia y las aguas primigenias, de donde surge la vida. No olvidé al dios de los mexicas, a la serpiente emplumada que nos recuerda la eternidad del tiempo.

Nada hay más doloroso y antinatural que un padre deba arrojar tierra sobre el pecho de su hijo muerto hasta cubrirlo. Pero Amadís había sido despojado del mundo, de su espacio. Y yo no hubiera sabido qué vida proporcionarle.

En el terrible silencio de la Cartuja, donde los monjes —se dice— duermen en sus propios ataúdes, sólo se escuchó el graznido de la tierra reseca herida por la pala del sepulturero y el llanto permanente de doña Eufrosia. Es más bien costumbre, ritual mediterráneo, griego, no verdadera y desoladora desesperación, por suerte.

HOY TENGO CIERTA FUERZA, no perdí sangre como casi todas las mañanas. Escribo tranquilamente, ya vestido, esperando que llegue la carroza de los Fuentes para ir hasta la torre de Fadrique, la biblioteca, y deslizar entre los volúmenes de la *Summa* esta botella al mar que alguien leerá en el futuro. Es la crónica de mi penúltimo naufragio (ya que el último no me podrá tener como cronista).

Dudé si era necesario agregar a la realidad del mundo la palabra de un "equivocado", como llaman los Tarahumaras a quienes pretenden continuar en este Sol.

Estuve a punto de quemarlo en la cocina. ¿Pero quién sabría entonces de algunas cosas de mi madre, de Amadís, de Amaría, de Nube y hasta de Bradomín y doña Eufrosia?

He escrito con rara serenidad en estos últimos días.

259

Anotaba sólo cuando tenía fuerzas. Me pasé la mayor parte del tiempo con la mirada puesta en la imperturbable Giralda que seguirá en el tiempo, que alcanzará otros hombres, otros "salones", otros triunfadores y otros desdichados. Miro la Giralda o veo con pasmosa nitidez a Nube cabalgando en los silenciosos bosques del norte, con sus picos nevados.

Nube, feliz y terrible, salvada, con sus caballadas crines al viento.

Ella lleva mi sangre. Seguiré aquí, sobre el mundo, de algún modo.

Un tinterillo de Fontán de Gómez vino antiyer con la copia de un acta notarial en la que se me concede el comodato gratuito de esta casa por "todo el tiempo de vida de su ex propietario don Alvar..." No pude evitar una sonrisa para mis adentros, ¿quién que haya conocido los mares de La Florida podría creer en la caridad del tiburón? Sin embargo...

Y ayer a la tarde vinieron Lucinda y Jesús Omar, que se embarcan por la noche a Anatolia, para integrarse en uno de aquellos pueblos de gente de habla castellana, aunque judíos.

Yo estaba muy mal. No hubiera soportado ver llorar a Lucinda. Les hice servir una copa de vino por Eufrosia. Esperaron, pero les hice decir que prefería no levantarme. Entendieron. Me sentí aliviado al oír que se cerraba la puerta. Aliviado y desolado.

Me había regalado aquella resma de papel para escribir el otro lado del pasado (como la otra cara de la luna) y yo había sido, una vez más, vencido por el presente, por la pasión. El acertijo indescifrable de la vida había deslizado a Lucinda y a Amadís. Y como en el rulo de una ola imprevista, el supuestamente lejano pasado había arrollado el presente.

Ahora espero.

Hay hombres que mueren, pero siguen todavía en pie, son desenterrados. Hay aquellos que mueren porque se les corta la vida que podría haber proseguido con provecho y sentido, como el caso de mi hijo Amadís, que fue despojado de su paz, de su mundo. Y hay otros que agotan la vida (a veces casi con abuso). No mueren sino que *se cumplen*, como una flor o una fruta madura que cae en la corriente del gran río. Este es mi caso: bebí mi tiempo hasta la última gota. No cabe congoja ni autoconmiseración.

Me encomiendo a Cristo, al Dios de mi Fe. Pediré perdón por mis pecados y mis descuidos. Pero seguramente (debo confesarlo) sentiré más bien lo que creen los tarahumaras y los "sabios del mundo de arriba", que seré devuelto, retornado, a ese infinito cosmos, a los espacios del misterioso universo, como aquella flor o esa fruta que dije.

No puedo creer, aunque me esfuerzo por cumplir con mi Fe, que Dios nos pueda estar esperando con un tribunal junto a las puertas del Infierno, donde debería ir la mayoría (salvo justamente aquellos infieles chorrucos, quevenes y pueblos del llano en los que siempre encontré inocencia sin perversidad, aun en la violencia). Esto sería muy incoherente.

Discretamente he podido arreglar las cosas de doña Eufrosia. Trabajará como cuidadora de la panadería antes de volverse a su Asturias, será la legataria de mis objetos, incluidos los candelabros de plata. No sabe nada de esto: escondí esta disposición en la olla de la cual nunca se separará, pues es en la que prepara sus feroces fabadas.

Luego estaré en la soledad final y seria, del hombre que debe recogerse para enfrentar ese misterio —nada o nuevo camino— que es la muerte. Creo que tendré la serenidad y la dignidad de Amadís o de su madre. Ojalá pueda yo tener en esa hora próxima la paz de alma y el corazón firme. Quietamente, agradeciendo y celebrando la felicidad de haber sido, esperaré. Y Dios o los dioses no me negarán su mano.

Escucho que sube doña Eufrosia. Ya llegó la carroza de los Fuentes y debo escribir estas últimas líneas. Es la buena hora: el canónigo estará comiendo y no habrá nadie en la biblioteca. Tomé un candeal para tener fuerzas.

Desde que comencé a tomar estas notas, y sobre todo desde que Lucinda me regaló la resma de papel, me sentí libre en la intimidad de las páginas.

De acuerdo con lo que imaginé, será como un mensaje que alguien encontrará tal vez dentro de muchos años. Será un mensaje arrojado al mar del tiempo. Lo abandonaré entre los libros de la biblioteca de la Torre de Fadrique. Me subiré como pueda hasta alcanzar el estante más alto y lo acomodaré entre los tomazos de la *Summa Theologica* que los curas no frecuentan mucho (hoy, para ser obispo, no es conveniente ni mucha teología, ni mucho cristianismo).

Espero que esta nave no naufrague y llegue a buen lector. Al fin de cuentas el peor de todos los naufragios sería el olvido.

Alvar Núñez Cabeza de Vaca
Caminante